LE MANOIR AUX RATS

Stephen Elboz

Jeune auteur anglais, Stephen Elboz a révélé son talent en gagnant un concours d'écriture, puis en obtenant la diffusion à la radio d'une pièce de théâtre. Mais c'est surtout son premier roman, Le Manoir aux Rats, *qui l'a fait connaître. Écrit en moins d'une semaine (!), il a en effet été couronné du prix le plus renommé en Angleterre : le* Smarties Young Judges' Award *(1992). Stephen Elboz a publié depuis deux autres récits, qui le situent dans la lignée des meilleurs auteurs de la littérature enfantine anglo-saxonne.*

Jean-Noël Velland

Né en septembre 1955, Jean-Noël Velland passe tous ses loisirs, des crayons et des pinceaux à la main. Il crée des images, pour le plaisir. Aussi a-t-il choisi, pour gagner sa vie, un domaine complémentaire : le son. Il travaille depuis 1982 à France Inter comme réalisateur.

STEPHEN ELBOZ

LE MANOIR AUX RATS

TRADUCTION DE MARIANNE COSTA

IMAGES DE JEAN-NOËL VELLAND

HACHETTE
Jeunesse

L'édition originale de cet ouvrage
a paru en langue anglaise
chez Oxford University Press, en 1991,
sous le titre
THE HOUSE OF RATS

24, boulevard Saint-Michel, Paris VIe

Pour Maman et Papa.

PROLOGUE D'ESTHER

Un matin humide et brumeux, l'homme qui se faisait appeler *le maître* rendit son tablier et quitta le manoir. Il ne devait plus jamais revenir.

(D'aucuns prétendent l'avoir vu glisser une lettre dans sa poche. Mais que n'a-t-on inventé depuis son départ ?)

Évidemment, les domestiques se mirent à sa recherche. Nous, par l'une des fenêtres crasseuses du grenier, nous regardions la forêt dense et touffue et nous les entendions crier. La lueur de leurs lanternes perçait entre les branches. Lorsqu'ils revinrent, bredouilles, ils se réunirent en bas, hochant la tête et évoquant toutes les morts possibles qui attendent le voyageur égaré dans la forêt.

Aucun de nous ne versa une larme. Nous

n'étions même pas tristes, plutôt perplexes. Comment avait-il pu interrompre notre routine quotidienne ? Lui, le maître, qui gouvernait cette maison selon un emploi du temps officiel ? Lui que l'on savait capable de congédier un domestique pour une minute de retard ? Lui qui tenait à avoir l'heure dans chaque pièce, allant jusqu'à y installer des dizaines d'horloges dont les balanciers oscillaient silencieusement à l'unisson ?

Pendant un temps, nous continuâmes à respecter scrupuleusement l'emploi du temps. Zachary, Frank, Carl et moi-même, nous nous rendîmes tous les jours dans la morne salle de classe qui nous était échue. Nous n'avions qu'une seule institutrice, Mlle Givre, pour nous quatre. Pourtant, Zachary et moi sommes plus âgés que Carl, de quatre ans. Frankie, qui est simple d'esprit, passait ses journées à jouer avec des cubes sur le parquet.

Je me rappelle, quelques jours après la disparition du maître, nous avions géographie.

« Si l'on excepte les montagnes et les ravins, disait Mlle Givre en désignant une vieille carte du monde, la Terre est absolument plate. À chacune de ses extrémités, elle est bordée par une chute d'eau immense et tonitruante. T-O-N-I-T-R-U-A-N-T-E. Tonitruante, mes chers petits. Plaignez le malheureux marin, parti en quête du Nouveau Monde ou pour Cathay[1], qui plonge dans l'épouvantable

1. C'est le nom qu'on donnait à la Chine au Moyen Âge *(N.d.T.)*.

abîme... Une coquille de noix dans le déluge, mes chers petits. Une chiure de mouche. »

J'imaginais le maître naviguant sur l'océan, puis emporté par une immense chute d'eau tonitruante. *Une coquille de noix dans le déluge.* Je voyais son visage pâle et triste au moment où la vague écumante s'abattait sur son esquif...

Ce soir-là Dunn, le majordome, servit au dîner. Il portait un chapeau melon (comme d'habitude, la sueur perlait de son front juste sous le rebord) et des gants d'une blancheur immaculée.

La place du maître était mise. Lorsque sa soupe, en refroidissant, se figea, Dunn la desservit. Nous mangeâmes notre poulet rôti en silence, sans oser demander conseil à Dunn. En effet, il aurait fallu admettre que le maître était parti pour toujours ; or nous étions bien trop soumis à l'emploi du temps pour cela.

Nous pensions vaguement que le maître était en train de nous mettre à l'épreuve. Peut-être nous épiait-il à travers les murs. Peut-être ses yeux noirs clignaient-ils derrière les effrayants portraits qui pendaient le long des corridors mal éclairés.

C'est donc en silence, et lentement, que nous terminâmes notre dîner, mâchant chaque bouchée trente-sept fois, comme le règlement nous le prescrivait. À huit heures et demie précises, nous allâmes nous coucher.

Le lendemain, comme nous nous rendions en

classe, une exclamation de surprise échappa à Zachary.

« Qu'est-ce qui t'arrive ? demandai-je.

— Regarde ! » dit-il en désignant, sur l'étagère, une des pendules qui représentait un œuf d'or sur le dos d'un éléphant doré.

Le mécanisme s'était arrêté.

« Elle doit être cassée », dis-je.

Zachary la souleva et, avec l'aide de Carl, l'ouvrit à l'arrière. La clé était à l'intérieur.

« Elle n'a pas été remontée ! » s'exclama Carl, indigné.

Il tourna la clé jusqu'au blocage du ressort et remit la pendule sur l'étagère. Cela nous avait pris neuf secondes, et nous courûmes pour ne pas arriver en retard au cours de Mlle Givre.

Mais, dans la classe, une nouvelle surprise nous attendait. Mlle Givre, qui s'habillait d'ordinaire dans de raisonnables camaïeux de gris ou de brun, arborait une longue jupe violette, un chemisier blanc à jabot et, négligemment jetée sur ses épaules, une vieille peau de renard. Les yeux de la bête avaient été remplacés par des billes de verre.

Elle nous accueillit d'un air aussi étincelant que les yeux en question.

« Ah, bonjour, mes enfants ! »

Neuf heures sonnèrent au moment précis où nous nous assîmes. D'un seul mouvement, nous soulevâmes le couvercle de notre pupitre.

« Chers enfants, refermez ces pupitres, poursuivit-elle, et délaissez ces livres assommants ! J'ai préparé quelque chose de nouveau pour aujourd'hui... »

Je me tournai vers Zachary. Carl s'agitait sur sa chaise. Quelque chose de nouveau ? Mais ce n'était pas censé arriver. Rien de nouveau, telle était la règle.

« Vous ne savez sans doute pas, mes chers enfants, que je suis une poétesse de talent. Jusqu'ici, j'avais confiné dans mon journal intime ces poésies d'amour. Mais aujourd'hui, j'ai décidé de partager avec vous ma méditation sur les choses du cœur. »

Et elle s'exécuta sur-le-champ. Nous demeurâmes abasourdis sur nos chaises en l'entendant déclamer ses vers avec des gesticulations si ridicules que Frankie lui-même abandonna ses cubes pour applaudir en riant.

Ce soir-là, Dunn arriva avec deux minutes de retard. Après avoir servi la soupe, il marmonna un mot d'excuse, s'éloigna dans un coin, ôta ses gants et se moucha avec un tel bruit de trompette que Carl déclara tout net :

« C'est dégoûtant. »

En montant nous coucher, nous trouvâmes le couloir obscur et, une fois dans ma chambre, je découvris une fine couche de poussière sur ma table de toilette. Je soufflai ma chandelle aussitôt et me couchai. Là-haut, dans le grenier, on entendait le remue-ménage des rats. Il y a des nuits, comme ça, où ils s'agitent pendant des heures.

Le lendemain matin, Mlle Givre nous accueillit en classe avec des bas rouges. Au lieu de la leçon de cosmologie, elle nous lut un extrait de son roman préféré, *Le Beau Ténébreux*, en soupirant beaucoup. Le jour d'après, nous nous scandalisâmes plus encore de trouver un homme assis à côté d'elle à son bureau.

« Je vous présente Giorgio, mon assistant, gloussa-t-elle.

— Mes fesses », murmura Carl.

Il savait que Giorgio travaillait aux cuisines.

Nous les regardâmes fixement par-dessus nos livres de classe, mais peine perdue : nous n'existions pas pour eux. Ils se chuchotaient des choses à l'oreille, s'écrivaient des petits mots et riaient sous cape.

Mais ce n'était rien encore en comparaison du comportement dégoûtant qu'ils adoptèrent ensuite : Giorgio tendit la main pour caresser les cheveux de Mlle Givre et, d'un geste, défit son chignon. Les boucles se répandirent sur ses épaules. Alors elle se pencha par-dessus son bureau pour lécher son affreux nez du bout de la langue, comme si c'était une cerise sur un gâteau !

Ce sont des choses qu'on ne doit pas faire devant des enfants, surtout lorsqu'on est payé pour les élever.

L'après-midi, elle disparut sans même laisser un mot d'explication. Zachary se proposa donc de nous lire des passages d'un livre qu'il aimait beaucoup : *Les Indiens d'Amérique du Nord*. Il y a des illustrations en couleur à toutes les pages, mais je ne les aime vraiment pas. Elles me font peur.

Il y en a une en particulier qui représente le départ des braves pour la chasse au bison. Ils portent pour costume une peau de loup dont la tête, posée sur leur crâne, leur sert de chapeau.

Les garçons adorent se pencher sur cette image, et bavarder entre eux de couteaux, d'arcs et de pièges. C'est d'ailleurs ce qu'ils firent ce jour-là.

Soudain, Carl sauta sur un bureau et s'écria :

« Regardez bien ! »

De pupitre en pupitre, il atterrit devant l'armoire au fond de la pièce. Outre quelques plumes cassées et des livres aux coins cornés, cette armoire contient le trésor adoré de Mlle Givre : une lourde pelisse de vison ayant appartenu à sa mère.

Carl s'en empara, l'accrocha sur son crâne et se mit à l'affût d'un gibier imaginaire. Puis Zachary se glissa derrière lui, et ils devinrent une espèce de bête à quatre pattes qui s'avança vers nous avec une assurance de mauvais augure.

« C'est nous les hommes-loups », annonça Carl de sa voix aiguë et flûtée.

Frankie, juché sur une table, tentait évidemment d'imiter Carl. Il poussait le cri des Indiens Rouges en se frappant maladroitement la bouche de sa paume.

« Quiconque n'appartient pas à notre tribu est un paria, déclara Zachary des profondeurs du manteau de fourrure. Les hommes-loups le traqueront jusqu'à la mort.

— Esther ne joue pas, fit Carl en me regardant avec un sourire méchant. C'est notre ennemie.

— Arrêtez ! dis-je d'une voix mal assurée. Arrêtez tout de suite. Si Mlle Givre revient, vous aurez l'air malin dans son manteau. »

Mais au lieu de me répondre ils se mirent à psalmodier : « Sus à Esther ! Sus à Esther ! », pendant que Frankie tapait en cadence sur son bureau.

« Sus à Esther ! Sus à Esther ! »

Et la chose mi-humaine, mi-animale s'avançait lentement vers moi. J'avais beau savoir que ce n'étaient que Zachary et Carl, je tremblais de peur.

« Sus à Esther ! Sus à Esther ! » répétaient-ils inlassablement.

C'est alors qu'un cri s'échappa de ma bouche. Un hurlement de peur, perçant et suraigu. Les garçons s'arrêtèrent net, stupéfiés. Le manteau glissa à leurs pieds.

M. Dunn était debout dans l'encadrement de la porte, les poings sur les hanches.

« On jouait, expliqua Carl pour se justifier. On ne faisait rien de mal. »

Je courus vers M. Dunn et m'accrochai à lui en pleurant, tremblante.

« Allons, allons, murmura-t-il en essuyant mes larmes du bout des doigts.

— On jouait au loup, marmonna Carl.

— Ce n'est pas bien de jouer à faire peur aux autres, monsieur Carl. Il ne faut pas plaisanter avec les histoires de loups.

— Léa la servante a dit que, si on invite un loup chez soi, il peut devenir un être humain et se retourner contre vous.

— Léa ne sait pas de quoi elle parle.

— Alors ce n'est pas vrai ? » s'enquit Zachary.

M. Dunn me reconduisit parmi les garçons.

« Non seulement ce n'est pas vrai, dit-il, mais c'est une énormité. Pour commencer, qui voudrait inviter un loup dans sa demeure ? »

Lorsqu'il fut parti, Zachary déclara d'un air sombre :

« Les loups sont plus malins que vous ne le pensez, monsieur Dunn. Ils se déguisent si bien qu'on ne les reconnaît pas. »

Et Carl poussa le cri du guerrier indien.

1

APHIDE ET SES PETITS GARS

D'un pas lent, Dunn traversait les jardins à la française pour rentrer chez lui. La journée de travail finie, son chapeau melon était incliné sur son crâne avec un air plus effronté que d'ordinaire. Ses gants d'un blanc immaculé portaient d'imperceptibles traces de crasse au bout des doigts. Ce n'était après tout que le signe du travail accompli, et une paire toute propre l'attendrait le lendemain matin.

Derrière lui s'élevaient les cent tours de la sombre bâtisse et leurs innombrables fenêtres vides. Autour de lui, le jardin reposait sous une légère couche de neige poudrée.

« Il y en aura de plus en plus », songea Dunn avec mélancolie : à chacune de ses expirations, un nuage de buée s'élevait de son cache-col.

En entrant dans la sombre forêt, il s'arrêta un instant. Les douze coups de minuit résonnèrent à l'horloge de la grande demeure. Alors il releva son col et repartit tranquillement.

Dunn habitait un pavillon dans la forêt. Le sentier qui y menait était battu par la trace de ses propres pas et celle, plus rare, des pieds de la douce Aphide, son épouse. D'ici peu, les loups se presseraient autour du manoir ; il lui faudrait sortir armé de son mousquet et de son parapluie spécial qui faisait aussi office de lance-flammes.

Au dernier tournant du sentier, il aperçut la curieuse folie qui lui servait de maison. Toutes les lumières étaient allumées.

« Chère Aphide, songea Dunn. C'est sa façon à elle de me souhaiter la bienvenue. »

Une chaude tendresse l'envahit à cette idée. Il fit jouer le verrou, le cœur plein d'amour, et entra dans la cuisine.

Aphide touillait, dans un chaudron, une mixture de têtes de moutons.

« C'est moi, ma chérie », dit-il doucement.

Elle grommela sans se retourner.

Dunn ôta son chapeau melon et ses gants. Il faisait si chaud dans la cuisine que des gouttes de sueur perlaient déjà sur son front. Les fenêtres s'ornaient de petites gouttes d'eau condensée.

« Ça sent bon, ma chérie. Le dîner est presque prêt, à ce que je vois ? »

Le sourire qu'il adressa à sa femme n'atteignit que son occiput. Elle grommela de nouveau et ne répondit rien. Le sourire de Dunn ne disparut pas, mais un sentiment de déception commença à s'emparer de lui.

« Je vais accrocher mon chapeau, déclara-t-il d'un ton enjoué. Puis je passerai à la salle à manger. »

Aphide continua à touiller vigoureusement sa soupe, sans un mot.

Une lumière faible et oppressante baignait la salle à manger. La table était mise pour huit. Les autres convives se trouvaient déjà dans la pièce, bâillant de concert, se grattant et reniflant en chœur. Ils n'accordèrent aucun intérêt à Dunn : c'étaient les « petits gars » d'Aphide.

Dunn regrettait de n'avoir pas d'enfants. Il n'avait rien contre les chiens d'Aphide, mais cela le froissait qu'elle les habille en chemisette et pantalons, comme de petits garçons.

À ce moment-là, elle entra, portant une soupière fumante remplie d'un liquide couleur de glaise. Elle passa devant Dunn en criant :

« Le dîner est prêt, mes petits gars ! »

Aussitôt les chiens coururent prendre leur place à table. Aphide les rappelait sans cesse à l'ordre :

« Bas les pattes ! Bas les pattes ! Bobby, tiens-toi bien ! »

Elle était de ces femmes nerveuses qui ne tiennent jamais en place. À peine eut-elle posé la soupière sur la table qu'elle était déjà en train de servir le potage à pleine louche, éclaboussant la nappe dans sa hâte.

« Assieds-toi donc, monsieur Dunn ! » s'écria-t-elle.

Et elle se mit à débiter le pain en grosses tranches qui rebondissaient sur la table.

Dunn saupoudra tant de poivre sur sa soupe que le teckel assis à côté de lui éternua.

« À tes souhaits, Tom », dit Aphide sans lever les yeux.

Tout en mangeant sa soupe, elle s'agitait sur sa chaise. Les chiens lapaient avec précaution le breuvage brûlant et cherchaient à saisir les morceaux de viande du bout des dents. Leurs babines retroussées leur donnaient l'air ridiculement féroce.

Dunn promena un regard las sur la tablée, puis, d'une seule lampée, noya tous les bruits de mastication environnants. Lorsqu'il eut terminé, il s'aperçut que sa femme était en train de lui parler.

« Euh... pardon, ma chérie ?

— J'ai dit : comment ça va, au manoir ?

— Mal, répondit Dunn en tournant sa soupe. De pire en pire. Et crois-moi, ce n'est pas parti pour s'arranger. J'en ai encore renvoyé trois aujourd'hui. Un relâchement incroyable : le maître doit se retourner dans sa t... Je veux dire qu'il sera furieux quand il reviendra.

— Revenir ? coupa Aphide. Si tu veux mon avis,

monsieur Dunn, il ne reviendra jamais. Tout le monde le sait, pourquoi pas toi ? Et crois-moi que les autres s'enrichissent pendant ce temps-là, pas si bêtes. Tout le monde se remplit les poches sauf nous. Ils ne sont pas fous : à quoi bon épousseter un bibelot quand on peut l'empocher et s'en aller avec ? Tu sais ce que j'en pense, hein... »

Dunn baissa la tête comme un écolier pris en faute.

« Mais les enfants du maître ?

— Eux, les enfants du maître ? Ces orphelins venus d'on ne sait où, ces enfants trouvés ? Mais ils ne sont pas plus liés au maître que toi et moi, Dunn. Il les a recueillis pour décorer sa table. Laisse tomber cette racaille. »

Aphide s'empara d'une miche de pain et la déchira en morceaux qu'elle jeta sur la table. Aussitôt les chiens se jetèrent dessus pour les dévorer.

« Mais...

— Il n'y a pas de “mais”, monsieur Dunn, trancha Aphide la bouche pleine. N'es-tu pas le majordome ? Le plus ancien dans la maison ? Est-ce que ça compte pour rien ? Par ailleurs, monsieur Dunn, cette maison est un royaume, et il lui faut un roi. Qui d'autre que toi peut prétendre à ce titre ? Les domestiques te respectent. Ils ne respectent pas ces bons à rien d'orphelins, qui ont déjà bien assez profité de la vie et qui ne méritent vraiment rien de plus. »

Soudain, l'expression d'Aphide s'adoucit.

« Et puis, monsieur Dunn, pense à ta pauvre petite épouse. N'a-t-elle pas bien mérité, après toutes ces années, d'avoir sa propre femme de chambre ? »

Dunn reprit sa cuiller. Aphide le harcelait ainsi depuis la disparition du maître. Elle était devenue si froide, si brutale... En remuant sa soupe, il délogea quelque chose qui vint flotter à la surface. C'était un œil de mouton qui le regardait fixement.

Après le départ de son mari, le lendemain à l'aube, Aphide rassembla ses petits gars pour une courte promenade dans la forêt. Les chiens portaient leurs mantelets, car la neige commençait à tomber dru.

Elle s'arrêta dans une clairière. Là, sans croix ni pierre mais bien distincte, se trouvait une tombe qui ne pouvait avoir plus de quinze jours. Les chiens s'empressèrent autour de la terre battue en reniflant.

Le visage d'Aphide tourna au gris, et sa bouche mince se serra. Petit à petit, sous ses yeux, les lourds flocons de neige recouvrirent la terre fraîchement retournée.

2

UNE RÉVOLUTION

La neige tombait sans discontinuer. Les enfants avaient pratiqué des jours dans le givre des fenêtres et, de la salle de classe, regardaient dehors. Les flocons tourbillonnaient comme une fumée.

Les livres de classe gisaient en désordre sur les pupitres et Frankie avait construit une tour de cubes sur le tabouret de Mlle Givre. Quant à Mlle Givre, ils ne l'avaient pas vue depuis le mardi précédent, jour où elle était arrivée avec les cheveux teints en blond et, par contraste, un œil au beurre noir.

Elle avait commencé par se jeter en travers du bureau en sanglotant : « Giorgio ! Giorgio ! » un certain nombre de fois. Puis elle s'était levée, le mascara dégoulinant sur ses joues et les yeux comme barbouillés de chocolat, et elle était allée s'asseoir trop près du feu.

« Chouette, murmura Frankie que la neige enchantait.

— La neige va nous amener les loups, dit Zachary.

— Les loups, marmotta Frankie. Manger, les loups. »

Esther songeait à la neige qui recouvrait tout dehors, et à la poussière qui s'amoncelait dans la maison.

Ils continuèrent à regarder en silence, jusqu'au moment où Carl osa un :

« Je me demande comment c'est de courir dans la neige. »

Du temps du maître, ils n'avaient jamais eu le droit de jouer dehors pendant les mois d'hiver.

« Je parie que c'est drôle », poursuivit-il.

Brusquement, Zachary repoussa les autres d'un coup de coude et ouvrit la fenêtre toute grande. Le vent s'engouffra à l'intérieur, charriant des flocons. Puis il se pencha au-dehors et ramassa sur la corniche une brassée de neige qu'il jeta sur le plancher.

Frankie se mit à danser autour du tas de neige. Les autres se penchèrent et la regardèrent fondre avec un intérêt excessif. Ensemble, ils éclatèrent de rire : pas question de quitter la pièce avant que toute la neige ne soit fondue. Zachary jeta un coup d'œil à la pendule et sourit.

« Nous sommes en retard pour le dîner. »

Quelqu'un avait oublié un balai à franges et un seau devant la porte de la salle à manger. Mais désormais les enfants ne prêtaient plus attention à ce genre de choses.

En entrant par la grande porte, ils regardèrent machinalement à la place du maître, la chaise massive à dossier haut, au bout de la table. Son couvert était mis comme tous les soirs, mais il n'était pas là. Les chandelles vacillèrent violemment sous le courant d'air jusqu'à ce que les enfants referment les battants de la porte.

Dunn les accueillit avec un mince sourire et un léger hochement de tête. Personne ne parlait : c'était l'une des règles les plus strictes instaurées par le maître et, jusqu'ici, personne ne l'avait transgressée.

Dunn servit la soupe. Les enfants se mirent à manger aussitôt, mais soudain ils s'interrompirent et se tournèrent d'un seul mouvement vers le majordome. Voilà qu'il retirait son chapeau melon et l'accrochait au dos de la chaise haute, la chaise du maître. Puis il ôta ses gants et...

Et... il s'installa à la place du maître !

Lorsqu'il saisit la cuiller, les enfants échangèrent autour de la table des regards désespérés. Sans savoir pourquoi, Esther sentit les larmes lui monter aux yeux.

En relevant la tête, Dunn les vit qui l'observaient et sa bouche s'ouvrit tout à coup :

« Il serait dommage de laisser perdre une cuillerée de potage, dit-il en souriant. Et avouez que celui-ci est particulièrement *miam-miameux.* »

Dunn avait l'habitude d'inventer des mots fantaisistes lorsqu'il s'adressait aux enfants, comme il le faisait avec sa femme pendant les premières années de leur mariage.

Les enfants hochèrent la tête avec force, sans répondre, et plongèrent le nez dans leur assiette. Mais Dunn était d'humeur loquace.

« À mon avis, par ces nuits glacées, rien ne vaut une bonne soupe. D'autant plus qu'on ne peut guère compter sur le chauffage. Mais pourquoi ne mangez-vous pas, mademoiselle Esther ? Vous devriez. J'ai toujours pensé que vous ne mangiez pas assez. Et vous, monsieur Carl, attendez un peu que votre assiette refroidisse. Je vois à vos yeux brillants que vous mangez trop chaud. »

Dunn se tourna vers Frankie et lui dédia un sourire éblouissant. Le petit garçon, obligeant, lui sourit en retour. Dans son petit monde, tout était en ordre : il y avait de nouveau quelqu'un sur le siège du maître.

Comme Dunn, toujours tourné vers Frankie, lui clignait de l'œil pour accentuer son sourire, les deux garçons se tournèrent vers Esther. En tant que favorite du majordome, c'était à elle d'exprimer son indignation.

Sa petite voix flûtée s'éleva enfin, si mince qu'elle atteignait à peine le bout de la table.

« Voulez-vous desservir, monsieur Dunn ? Je pense qu'aucun de nous n'a encore faim. »

En l'entendant, Dunn tourna la tête et rit de bon cœur.

« Mademoiselle Esther, je vois que j'ai oublié de vous signaler une nouveauté *extramidable.* Nous avons engagé un nouveau majordome. »

Tout en parlant, il sonna.

Aussitôt, un garçon au regard fourbe, le visage ravagé par l'acné, ouvrit la porte. Il était en tenue de majordome, vêtu d'une des vieilles livrées de M. Dunn dans laquelle il nageait littéralement, ce qui lui donnait l'air ridiculement jeune.

« Ouais ?

— On dit : oui, monsieur, corrigea Dunn avec quelque agacement. Par ailleurs, il me semble que je vous ai appris à dire : “Monsieur a sonné ?” Si vous n'êtes pas capable de retenir des choses aussi simples, il y a bien d'autres gens qui...

— Monsieur a sonné ? s'empressa de déclamer le jeune homme avec une grandiloquence qui ranima le sourire de Dunn.

— Oui, Lenoir, oui. Vous pouvez servir la suite.

— Tout de suite, Monsieur. Aux ordres de Monsieur. »

Sous la table, Carl décocha un coup de pied à Esther. Elle se mit à bafouiller :

« Monsieur Dunn, il nous semble que le temps se couvre. Vous êtes autorisé à rentrer chez vous avant que la couche de neige ne devienne trop épaisse. »

De nouveau, Dunn se mit à rire.

« Vous devez être télépathe, mademoiselle Esther. J'allais justement vous annoncer la deuxième bonne nouvelle du jour. Ma chère épouse et moi-même, nous venons vivre au manoir. Dès qu'elle sera confortablement installée, elle dînera parmi nous. Mais vous savez ce que c'est : la fatigue du déménagement lui a donné une attaque de migraine. Vous allez vous sentir plus en sécurité désormais. Mon vieux mousquet éloignera les cambrioleurs aussi bien que les loups, sans parler des rats. Vous qui vous plaignez toujours de ces rats, mademoiselle Esther... N'est-ce pas qu'ils vous empêchent de dormir ? »

Esther acquiesça avec, sur le visage, la grimace des vaincus, puis elle croisa les bras sur sa poitrine.

3

VISITE DES APPARTEMENTS PRIVÉS

« Moi, je pense que Dunn est un gros caca puant », déclara Carl en enfonçant les mains dans ses poches, le dos voûté.

En débarrassant la table, Lenoir passa tout près des enfants et leur décocha un sourire aussi graisseux que la vaisselle sale qu'il emportait. Ils baissèrent les yeux.

« Qu'est-ce qu'on peut faire ? » marmotta Carl.

Zachary, derrière ses lunettes, cligna ses yeux de chouette.

« Ce qui est sûr, c'est que tout le monde se moque des règles. Tout le monde sauf nous.

— Mais il ne faut pas que nous changions ! protesta Carl. Il faut montrer le bon exemple. C'est à nous de donner des ordres. Regarde cette grosse crotte de Dunn : rien qu'à son sourire, on devine que c'est lui le chef, maintenant. Je le hais, et ce boutonneux de Lenoir aussi.

— Ce n'est pas ce que je voulais dire, poursuivit Zachary. Je pensais plutôt... Enfin, moi, j'aimerais bien faire des choses que je n'ai jamais pu faire.

— Comme quoi ? demanda vivement Esther.

— Pour commencer, j'aimerais entrer dans ces pièces où le maître nous défendait d'aller. Faire un peu d'exploration, quoi...

— C'est trop tard, dit Carl en haussant les épaules. Il est presque l'heure de se coucher. Mais demain...

— Comment ça, demain ? Qui a dit que nous devions nous coucher à huit heures et demie, à neuf heures ou je ne sais quand ? Faisons ce qui nous plaît. »

Carl brûlait de suivre son ami, mais il haussa de nouveau les épaules, feignant l'indifférence.

« Moi, commença Esther, je me suis toujours demandé...

— ... À quoi ressemblaient les appartements privés du maître ! s'écria Zachary. Nous avons tous la même idée, alors allons-y. Au moins, nous aurons vu quelque chose. »

Sans attendre, Esther empoigna la main de Frankie et l'entraîna derrière elle. Il bâillait à se décrocher la mâchoire, et lorsqu'ils atteignirent l'escalier, la petite fille le traînait littéralement.

Mais en vérité, Frankie n'était pas seulement fatigué.

Il avait peur. Peur du maître.

Les yeux écarquillés, il fixait le grand panneau accroché au pied des marches, où était écrit en lettres gigantesques :

SILENCE

Bien qu'il ne sût pas lire, Frankie comprenait. Cela signifiait : pas un mot, pas un éclat de rire, des visages crispés.

« Frankie, dépêche-toi, s'il te plaît ! » murmura Esther d'un ton mi-impatient, mi-implorant.

Mais Frankie, la tête basse, traînait les pieds. Au sommet de l'escalier, ils trouvèrent une porte sur laquelle un second écriteau signalait :

ACCÈS INTERDIT À TOUTE PERSONNE
NON AUTORISÉE

La tentation était grande, mais ils s'accordèrent une halte avant de poursuivre.

« On frappe ? murmura Carl.

— Pour quoi faire ? objecta Esther. Il n'y a personne. »

Malgré tout, elle aussi parlait à voix basse.

Zachary prit l'initiative de tourner la poignée : le bois ancien joua et la porte s'entrouvrit de quelques centimètres. Carl avala sa salive.

« Tu y vas d'abord, Zachary.

— Non. Toi.

— Moi, je n'y vais pas », déclara Esther.

Suivit une conversation à voix basse où ils se traitèrent mutuellement de lâches, jusqu'au moment où Carl proposa :

« Et pourquoi pas Frankie ? On n'a qu'à l'envoyer, lui. »

Les murmures agités redoublèrent.

« Et s'il y avait un piège ? fit Zachary.

— Une arbalète actionnée par la poignée ? suggéra Esther. Ou même une bombe ?

— Chut », dit Carl en désignant le panneau « SILENCE ». En tout cas, il ne fut plus question de risquer la vie de Frankie, ni de le soustraire à la protection d'Esther.

Enfin Zachary régla le problème en donnant un coup de pied dans la porte, plus fort qu'il ne l'aurait voulu : très lentement, le battant s'ouvrit en entier.

« Qu'est-ce que tu vois ? Qu'est-ce que tu vois ? » s'écria Esther.

On n'y voyait rien : l'obscurité totale. Au bout d'un moment, cependant, les enfants s'aperçurent que cette obscurité n'était pas naturelle.

C'était un effet, un décor : toute la pièce était peinte en noir ; noirs aussi les bougies sur la cheminée, les cadrans des horloges, les tentures murales, les tapis et le lustre. Il y avait même un tableau tout noir dans un cadre noir. Seuls un feu dans la cheminée et, à la fenêtre, l'étendue de neige blanche, tranchaient sur tout ce noir. Des rafales de flocons balayaient les vitres.

Les enfants se précipitèrent à la fenêtre pour admirer une vue naguère réservée au maître. On voyait à peine la forêt.

« Regardez, là-bas, s'écria Carl. Un loup ! J'ai vu un loup ! C'est la faim qui les fait sortir. »

Évidemment, ce n'était peut-être qu'une ombre. Une ombre parmi toutes celles qui jouaient sur la neige à la lisière de la forêt.

Mais l'époque des loups était venue. Des loups qui, poussés par la faim, se dressaient parfois les uns contre les autres. Et puisque Dunn avait un mousquet, ce n'était finalement pas si mal qu'il se soit installé au manoir.

Zachary se détourna en frissonnant. Quand ils se retournèrent à leur tour, les autres le découvrirent dans l'encadrement d'une porte qu'il venait d'ouvrir. Le chatoiement des couleurs les attira : ils entraient dans la chambre à coucher.

« Regardez-moi ce lit ! s'exclama Carl. On dirait un manège ! »

Mais les autres étaient plongés dans la contemplation de cette deuxième pièce qui contrastait si fort avec la chambre noire.

Le plafond était peint d'un fabuleux ciel en trompe l'œil où flottaient des nuages, des oiseaux, des fleurs à foison, et d'un soleil dardant ses rayons comme des lances. Les murs n'étaient pas tapissés, mais vêtus d'habits de soirée multicolores et décorés d'innombrables paons empaillés.

Le mobilier ancien et robuste croulait sous les bibelots et les photos jaunies. Pas de tableaux aux murs, mais la tapisserie jetée sur la table reproduisait les Dix Commandements de la Bible. « Tu honoreras ton père et ta mère... », « Tu ne tueras point »...

Puisqu'ils s'étaient aventurés jusque-là, les enfants donnèrent libre cours à leur curiosité. Les tiroirs et les armoires eurent tôt fait de leur révéler une collection de chemises à col amidonné, de boîtes à chapeaux, de chaînes de montres et de boutons de manchettes.

Les corsets à baleines et les fausses moustaches du maître leur donnèrent une belle crise de fou rire, qui redoubla lorsque Zachary enfila un des corsets et paracheva son déguisement avec un chapeau haut de forme. Esther dénicha un manteau de castor et une perruque bouclée ; Carl se drapa dans un peignoir orné d'un monogramme et coiffa un filet à cheveux. Quant à Frankie...

« Mais où est Frankie ? s'enquit Zachary en ôtant son chapeau.

— Frankie ! Frankie ! »

Ils le trouvèrent dans le lit rond, dormant à poings fermés.

« Alors comme ça, plaisanta Carl, on tombe de sommeil ?

— Mais non, il fait semblant », fit Esther.

Ils échangèrent un sourire. L'instant d'après, ils se glissaient à ses côtés sous les couvertures.

« Poussez-vous ! » geignit Frankie.

Ils saisirent le drap et le remontèrent jusque sur leur nez. Carl tira sur un cordon qui pendait près de sa tête, enfermant toute la moitié du lit d'un lourd rideau. Esther l'imita de son côté, et le rideau se referma sur eux.

Dans la pénombre, ils se réjouissaient de leur méfait, lorsque le bruit d'une porte qu'on ouvre les cloua sur place. Une voix de femme, suraiguë, criait :

« Mademoiselle Pettigant ! Mademoiselle Pettigant ! Dépêchez-vous ! Apportez-moi le mètre ruban ! »

C'était Aphide Dunn.

« J'arrive, madame. Vous marchez trop vite pour moi. Je suis à bout de souffle, sauf votre respect. »

La deuxième voix était celle de la nouvelle demoiselle de compagnie, Mélisande Pettigant. C'était une espèce d'idiote qui portait des gants longs jusqu'au milieu du bras et de petits bibis ridicules.

Mme Dunn renifla d'un air dégoûté.

« Cette décoration est d'un vulgaire ! Ce ciel bleu vif, c'en est trop. Mais qu'est-ce que je vois là, par terre ? On dirait que les domestiques se sont livrés au pillage, pour changer. C'est un scandale.

— Un crime, surenchérit Mlle Pettigant. Quand on pense à tous ces gens qui meurent de faim.

— Quoi ? »

Mlle Pettigant ricana nerveusement. Son rire ressemblait à celui d'un mulot, cent fois plus fort, si tant est que les mulots puissent rire.

« Si vous voulez mon avis, Pettigant, les domestiques sont des créatures parfaitement stupides.

— Oh, mais non, gémit la dame de compagnie.

— Des cervelles de mules et des têtes de linottes. Écoutez bien : l'autre jour, j'ai découvert vingt-trois costumes, assortis de sous-vêtements en soie, préparés pour l'ancien maître de cette maison. Soit un par jour depuis qu'il a vidé les lieux. Et quand j'en ai demandé raison, savez-vous ce que m'ont répondu ces abrutis de larbins ? Ils m'ont dit qu'il était de règle de sortir des vêtements propres tous les matins, et qu'un domestique ne pouvait en aucun cas modifier la règle. Alors, avant de les renvoyer, je leur ai dit comme ça : “Et que ferait le maître s'il revenait ? Pensez-vous qu'il porterait vingt-trois caleçons sous vingt-trois paires de pantalons ?” »

Le rire stupide de Mlle Pettigant retentit à nouveau.

« Jetez un coup d'œil à ce mètre, Pettigant ! reprit Aphide. Ça fait combien ?

— Pardon, madame Dunn, mais je ne porte pas les bonnes lunettes. Oh ! là ! là ! Il me faudrait mes lunettes pour voir de près, et... »

Soudain la voix d'Aphide s'enfla d'une note de colère.

« Mais enfin, qu'est-ce que vous fabriquez avec cette bouteille ?

— J'essaie de... de faire loupe, madame Dunn. Pour mieux voir les chiffres.

— Tête de linotte ! Cervelle de mule ! »

Dans le lit, derrière les rideaux, la température montait. Sous leurs vêtements trop chauds, les enfants, mal à l'aise, demeuraient immobiles en écoutant les pas énergiques d'Aphide résonner dans la pièce, mesurant ici, critiquant là, condamnant pratiquement tout.

« Elle veut devenir le maître du monde, chuchota Carl.

— Chut ! fit Esther.

— J'ai raison. Tu verras. »

4

LA MIGRAINE D'APHIDE

Le lendemain matin, Aphide apparut en turban et robe de chambre. Avant même d'avoir passé la porte, elle annonça :

« J'ai la migraine. »

Mlle Pettigant la suivait, à six enjambées. Six enjambées d'Aphide, pour être précis, ce qui revenait à douze des siennes propres. Cela expliquait sans doute pourquoi elle était écarlate, à bout de souffle. Elle portait le sac à tricot de sa maîtresse.

Dunn était assis à la place du maître, son chapeau melon accroché de guingois sur le dossier de la chaise. Il s'illumina en voyant entrer son épouse.

« Bonjour, ma chérie »

Aphide ne répondit pas. Elle inspecta la tablée, arrêtant sur chacun des enfants son regard inquisiteur, et déclara :

« Je vois que nous avons des invités. »

C'en était trop pour Carl.

« C'est vous, les invités ! s'écria-t-il. Nous avons toujours pris notre petit déjeuner ici. »

Aphide planta les deux pieds au sol et son regard effrayant dans les yeux de Carl.

« Pettigant ! » appela-t-elle.

Mlle Pettigant accourut comme une poule émue qui fuit le renard, hochant ridiculement la tête d'arrière en avant et jetant sur Carl un œil furibond pour reprendre, dès qu'elle se tournait vers sa maîtresse, un air obéissant et servile. De temps en temps, elle se trompait d'expression.

« Veuillez, cracha Aphide, veuillez prendre le nom de cet enfant, et noter qu'il recevra une pomme de terre de moins au dîner. S'il persiste à se comporter comme un mal élevé, il ne lui restera bientôt plus rien à manger. Ces petits sauvages ! Je leur apprendrai les bonnes manières, moi. À la diète !

— Euh... Très bien, madame Dunn. »

Comme Aphide s'était assise, Mlle Pettigant se trouva contrainte de modérer sa férocité envers Carl qui, de toute manière, la considérait le plus froidement du monde. Elle fouilla dans sa poche, sortit un calepin et un crayon.

« Du nerf, Pettigant, du nerf ! tonna Aphide.

— Oui, oui. Oh ! là ! là ! Ah, voilà ! Maintenant, dis-moi comment tu t'appelles, et tout de suite, sinon je te...

— Je m'appelle Carl », dit Carl d'un ton glacial.

Mlle Pettigant, qui ne savait pas écrire « Carl », écrivit « le garçon ».

Pendant ce temps-là, Aphide s'était mise à tricoter. Elle avait déjà tricoté deux rangs lorsque Mlle Pettigant, tirant un tabouret, vint s'asseoir auprès d'elle et tendit les bras comme pour la supplier.

Sans s'émouvoir, Aphide jeta sur ses poignets un écheveau de laine et se mit à l'enrouler en pelote avec une rapidité stupéfiante : ses mains osseuses se brouillaient à la vue. Tout en enroulant la laine, elle jacassait comme si elle avait été seule avec son mari.

« J'ai affreusement mal dormi, monsieur Dunn. Dans notre ancienne maison, j'avais déjà du mal à supporter ces branches d'arbres qui cognaient aux fenêtres, mais c'est bien pire ici. Toute la nuit, j'ai entendu des rats gratter et courir juste au-dessus de ma tête. Des rats, monsieur Dunn. Juste au-dessus de ma pauvre tête. Et dès que je fermais l'œil, j'imaginais les rats tombant du plafond sur mon visage, et me torturant d'une façon horrible. J'ai entendu dire que les rats étaient capables d'enlever des bébés, monsieur Dunn. Tu comprends pourquoi je me ronge les sangs ce matin. »

Elle s'arrêta d'embobiner la laine avec une brusquerie qui fit sursauter Mlle Pettigant et observa d'un œil incrédule le manège de son mari. Dunn s'était levé de sa chaise pour aller vers Frankie et, tirant son mouchoir, il essuyait le visage du petit garçon, plein d'œufs brouillés et de beurre.

Puis il lui présenta un coin encore propre et lui dit doucement :

« Qui c'est qui va se moucher un grand coup pour faire plaisir à M. Dunn ? »

Frankie répondit par un son de trompette.

« Ça alors, c'est trop fort, déclara sèchement Aphide. C'est le pompon, vraiment. Je me plains d'une nuit terrible, j'évoque les dangers que j'ai courus et, pendant ce temps-là, mon mari torche des nez malpropres.

— J'écoutais attentivement, ma chérie.

— Ce n'est pas ce que je veux dire, rétorqua Aphide en martelant la table de son aiguille à tricoter. Je veux savoir pourquoi cet enfant dégoûtant est assis à la même table que les gens normaux. Sa façon de manger me retourne l'estomac. Cette bouche béante... Beurk, on voit tout ce qu'il mange. »

Frankie se mit à renifler. Il comprenait qu'il était devenu le centre de l'attention, ce dont il avait horreur. Dès que le ton montait, il ne rêvait plus que de se blottir dans son coin.

« Frankie a toujours mangé avec nous, s'écria Zachary. Et si cela nous plaît, il faudra que vous appreniez à vous y faire ! »

Aphide s'enfla comme si c'était la pire insulte qu'on lui avait infligée depuis la nuit des temps.

D'un doigt accusateur, elle ordonna à Mlle Pettigant de prendre le nom du coupable et de réduire ses rations de nourriture.

Pauvre Mlle Pettigant. Si elle n'était pas capable d'écrire « Carl », elle avait encore moins idée de l'orthographe de « Zachary ». D'une main tremblante, elle écrivit : « l'autre garçon ».

À cet instant, les portes s'ouvrirent et Lenoir parut, portant un bol à deux poignées qui fumait.

« Pardon, madame, dit-il en inclinant la tête devant Aphide, mais j'ai cru entendre que vous aviez mal à la tête... »

Aphide le regarda comme un oiseau effarouché, puis, se reprenant, accepta le bol. Dunn dédia un sourire radieux au jeune homme et un petit clin d'œil aux enfants, comme pour leur signifier que tout allait s'arranger.

5

DANS LE FROID

Le chauffage était encore en panne. Pour se réchauffer, les enfants décidèrent d'assister à leur leçon de danse.

Herr Gaulard, le maître à danser, regardait en l'air avec une superbe indifférence. Il était tout maigre et tordu, emmitouflé dans deux manteaux superposés et coiffé d'un passe-montagne.

Esther s'imaginait qu'autrefois, il avait dû avoir des yeux d'un bleu intense, mais désormais ils étaient délavés et injectés de sang ; ses bajoues pendaient, flasques, décorées de deux favoris blancs.

Il se leva en toussant, dégageant une haleine blanche dans l'air froid de la salle de bal. Lentement il se dirigea vers un gramophone à manivelle, laid comme une vieille planche à repasser, qui se mit à crachouiller dès qu'il l'eut remonté. Il ouvrit de chaque côté de la machine deux petites portes qui dissimulaient les haut-parleurs : à mesure qu'il les ouvrait, le volume s'amplifiait.

Entre deux quintes de toux, Herr Gaulard s'en retourna vers son tabouret, poussa un grognement et saisit sa canne.

« Lé valtz, annonça-t-il. Hein, Dé, Trua. Hein, Dé, Trua. »

Esther dansait avec Zachary. Frankie servait de cavalière à Carl.

Quelques instants plus tard :

« Lé tango. Hein, Dé, Trua. Hein, Dé, Trua... »

Puis :

« Lé marche militar. Hein, Dé, Trua. Hein, Dé, Trua. »

De temps en temps, la toux caverneuse de Herr Gaulard prenait le dessus. Il continuait alors à marteler le sol de sa canne jusqu'à ce qu'il puisse de nouveau articuler ces trois chiffres monotones :

« Hein, Dé, Trua... »

Parfois aussi, le ressort du gramophone se détendait et avec lui, les danseurs ralentissaient, jusqu'à ce que le maître à danser traverse péniblement la salle pour remettre tout le monde à la bonne vitesse.

Esther dansait élégamment. Malgré son manteau et son écharpe, ses mouvements avaient de la grâce. Comme une actrice, elle assortissait l'expression de son visage au sentiment exprimé par la danse. Et de propos délibéré : légèrement sentimentale, le visage incliné d'un côté, pour la valse. Orgueilleuse et ferme dans le tango.

Zachary adorait ces expressions. Esther lui avait toujours inspiré une sorte de crainte respectueuse. Il s'appliquait à bien danser pour lui plaire, mais il ne lui arrivait pas à la cheville.

« Lé fochstrot, annonça Herr Gaulard en toussant spasmodiquement. Hein, Dé, Trua. Hein, Dé, Trua... »

Indifférents à ces injonctions, Carl et Frankie dansaient toujours de la même façon : Frankie avait tendance à s'exciter, et Carl guidait ses mouvements de manière qu'il ne lui marche pas sur les pieds.

De temps en temps, au milieu d'une danse, l'un des gigantesques radiateurs de fonte émettait un halètement ou un tintement métallique, ce qui avait pour effet d'immobiliser les danseurs. Les enfants attendaient, espérant une reprise du chauffage, mais chaque fois le bruit diminuait jusqu'à disparaître, et chaque fois les couples se reformaient pour poursuivre la danse.

« Hein, Dé, Trua. Hein, Dé, Trua... »

Les portes s'ouvrirent d'un coup et Lenoir apparut, portant un plateau chargé de bols où fumait du chocolat au lait. Les danseurs se séparèrent et le considérèrent avec étonnement.

Agacé, Herr Gaulard donna un grand coup dans le gramophone pour arrêter la musique.

« Ja ?

— Je vous prie d'excuser mon intrusion et tout ce qui s'ensuit, fit le jeune homme en souriant d'un air confidentiel. Mais puisque le chauffage nous fait faux bond, j'ai pensé qu'une boisson chaude vous serait agréable. »

Les quatre enfants bondirent vers le plateau, mais le vieux maître à danser repoussa d'un geste le bol que Lenoir lui offrait.

« Non ? Alors il ne sera pas dit que je le laisserai perdre. »

Et sur ces mots, le jeune homme glissa le plateau sous son bras et s'arrogea le bol de cacao.

« Ah ! C'est drôlement bon, croyez-moi. Et croyez-moi aussi : avec ces loups affamés qui rôdent jusque dans la maison, on ne devrait pas dormir tranquilles.

— Qu'est-ce que c'est que cette histoire ? » demanda Carl en levant une tête ornée de deux moustaches en chocolat.

Lenoir regarda autour de lui, pour s'assurer que tout le monde l'écoutait. Mais Herr Gaulard était en train de ranger un disque, et il ne leva même pas la tête.

« C'est que, voyez-vous, commença Lenoir d'un air de conspirateur, le grand salon bleu a pris des airs de pôle Nord. La neige et la glace ont forcé les portes-fenêtres, et maintenant, on dirait le salon de la Reine des Neiges.

— Et les loups sont entrés jusque-là ? s'enquit Carl avec enthousiasme.

— Ils sont comme chez eux. Ils entrent et ils sortent comme bon leur semble. Heureusement que la porte du salon est solide, sinon ils seraient déjà dans la maison. »

Et avec un petit clin d'œil, il ajouta :

« Vous imaginez ça, mademoiselle Esther ?

— Je préfère ne pas y penser.

— Il faut vraiment que le vent se soit levé d'une drôle de manière... Je veux dire, pour forcer les portes-fenêtres », remarqua Zachary.

Lenoir se mit à rire.

« C'est finement observé, monsieur Zac. »

Zachary avait horreur de ce diminutif.

« On a juste trouvé les portes ouvertes, poursuivit Lenoir. Probable que quelqu'un l'a fait exprès. Peut-être un de ces domestiques que M. Dunn a fichus dehors. Un rancunier. Mais enfin, c'est terrible. »

Il renversa la tête et avala le reste de son cacao.

« Et maintenant, le devoir m'appelle. Si vous avez besoin de quelque chose, appelez Lenoir. C'est lui qu'il vous faut. Vous n'avez qu'à crier : je ne suis jamais loin. »

Et il partit en riant. Herr Gaulard se signala par une quinte de toux. Il sortit un mouchoir jaune, se moucha et le remit dans sa manche.

« Et si on allait voir le salon ? s'écria Zachary. Je suis sûr que Herr Gaulard n'y verrait pas d'inconvénient, n'est-ce pas, Herr Gaulard ? »

Le maître à danser répondit au sourire engageant de son élève par un regard glacial.

« Tu vé aller voir neigé dans zalon ? Va voir neigé dans zalon, répondit-il en toussant.

— Vous n'aimez pas Lenoir, hein ? » fit Carl avec malice.

La véhémence de la réponse figea le sourire du petit garçon.

« Noôn ! Noôn, jé né l'aimé pas. Pourquva il entré ici avec pétite gadeau, fait zemblant être gentil ? Ach, drès malin, drès malin. Faire attenzion à lui, pas confiance. Drès malin. Grrand danger. Vo volez voir neigé dans zalon ? Allez, allez. »

Il s'agita sur son tabouret et se remit à tousser. Lorsque les enfants lui dirent au revoir, il ne répondit rien. Ils couraient déjà dans le couloir.

« Et où est-ce qu'on va comme ça, mes mignons, au triple *gali-galop* ? »

Dunn était en haut de l'escalier, la tête coiffée d'un chapeau melon et enroulée dans une écharpe de laine. Accoudé à la rampe, il considérait les enfants d'un air bonasse et bienveillant.

« On va voir le salon bleu, monsieur Dunn », répondit Carl à bout de souffle.

Zachary et Esther lui lancèrent un regard furibond. Dunn allait peut-être se fâcher, arguer des loups pour leur interdire l'accès au salon.

Mais non. Il ferma seulement, avec précaution, le dernier bouton du manteau de Frankie, et dit :

« Faites ce que vous voulez, mes mignons. Amusez-vous bien. J'aime voir la jeunesse se divertir comme il convient. »

Il rectifia l'angle du chapeau de Frankie et laissa passer la petite troupe.

Ils avaient à peine franchi deux paliers qu'ils tombèrent sur le plus étonnant spectacle : Mlle Pettigant sortait de sa chambre, les cheveux entortillés dans des bigoudis et le visage emplâtré d'un masque de beauté vert avocat qui mettait en évidence ses yeux et ses lèvres minces.

Ils faillirent lui rentrer dedans. Un petit cri perçant s'échappa de ses lèvres et, comme ils demeuraient immobiles, elle se mit à s'agiter comme un oiseau blessé. Elle se jeta sur toutes les portes du couloir, l'une après l'autre. En vain : tout était fermé. Elle faisait de grands gestes des bras et des jambes et hochait la tête en tous sens.

Les enfants la considéraient avec un mépris croissant.

« M-m-m-mais qu'est-ce que vous v-v-voulez ? Oh ! là ! là ! Oh ! là ! là ! Vous n'avez p-p-p-pas intérêt à me frapper. J-j-j-je suis p-p-p-plus forte que je n'en ai l'air. Mais pourquoi est-ce que tout est fermé ? Oh ! là ! là ! Je veux p-p-p-passer. Laissez-moi p-p-p-passer... »

Peu à peu, son agitation se muait en colère. Elle n'était plus très loin de l'hystérie.

« Oh ! là ! là ! Oh ! là ! là ! »

Brusquement, une porte s'ouvrit. Aphide fit son apparition, énorme dans une robe de chambre ouatinée et les pieds dans des pantoufles. Deux bouillottes pendaient à ses côtés. Zachary et Carl étouffèrent un éclat de rire qu'elle ne remarqua pas, heureusement pour eux.

« Que signifie ce tapage ? Pettigant, vous êtes grotesque. Reprenez-vous ! Dites-moi ce qui se passe. J'essaie de me reposer après une nuit gâchée par le remue-ménage de cette vermine de rats, et voilà que vous m'en empêchez.

— Les rats vous empêchent de dormir ? demanda Esther. Nous, on s'y est habitués.

— Vraiment ? Comme c'est intéressant, répliqua Aphide d'un ton acerbe. Vous êtes bien heureux, vous, au moins. N'est-ce pas ? »

D'une seule voix, ils murmurèrent :

« Oui, madame Dunn. »

Le visage osseux d'Aphide s'éclaira soudain d'une sorte de sollicitude. Elle voulut savoir où ils allaient. Lorsqu'ils le lui eurent révélé (ils avaient trop peur pour inventer un mensonge), elle répondit en serrant une des bouillottes contre son cœur :

« C'est bien. Allez jouer ! Jouez toute la journée si vous voulez : le salon est à l'autre bout de la maison. Ainsi, Pettigant, ils ne nous dérangeront pas.

— C'est bien vrai, madame Dunn. »

La porte se referma : Aphide était rentrée dans sa chambre. Au même instant, Mlle Pettigant détala comme une oie effrayée.

« Allez hop ! » marmotta Carl.

Et, se tournant vers la porte d'Aphide avec une affreuse grimace :

« Sac à crotte, grommela-t-il. J'espère que les rats vont grimper jusque dans ton lit. Qu'ils vont te mordre pendant que tu seras en train de ronfler en plissant ton affreux nez. »

Ils descendirent au salon bleu en glissant les uns après les autres sur une rampe monumentale en bois sculpté. Seul Frankie, qui avait peur, emprunta l'escalier.

« Faut m'attendre ! Faut m'attendre ! » criait-il en trottinant maladroitement. Son caractère de poule mouillée le rendait parfois collant à l'extrême.

La porte du salon bleu était en panneaux de chêne. Lorsqu'ils l'ouvrirent, l'hiver leur sauta à la figure.

« Chouette !

— Youpi !

— Yahou ! »

Puis ils se turent et se serrèrent les uns contre les autres, saisis par la peur et le froid.

Les portes-fenêtres étaient grandes ouvertes et désormais, la couche de neige accumulée empêchait quiconque de les refermer. La neige tombait, oblique, blanche et scintillante, jusqu'au milieu de la pièce. À l'extrême limite de l'étendue de neige, sous la frange poudreuse et clairsemée, les couleurs des tapis apparaissaient dans un éclat de charbons ardents.

Les enfants n'en croyaient pas leurs yeux. Des glaçons pendaient du plafond et des linteaux. Au creux des chaises et des sofas, de petits tas de neige s'amoncelaient. Les portraits arboraient une barbe de givre ; les ornements, un cadre de glace.

Une poussière de neige recouvrait tous les meubles, si épaisse que Carl, du bout du doigt, y écrivit son nom. Et toujours, par la fenêtre ouverte, soufflait le vent d'hiver. Il tournoyait aigrement entre les quatre murs et ressortait, soulevant la neige sur son passage comme d'un mouvement de la queue.

Les enfants, pour parler, chuchotaient avec respect, et se faisaient mutuellement signe de regarder ici ou là. Puis, se tenant par la main pour ne pas tomber, ils s'avancèrent près des portes-fenêtres pour regarder dehors. Ils avaient de la neige jusqu'à la taille.

Devant eux s'étendait la masse noire de la forêt et, à la place des pelouses, le vent balayait des rafales de neige. Les massifs de buis et d'ifs, écrasés et remodelés sous une épaisse couche de neige, n'étaient plus que de gros tas blancs.

« Je ne me sens pas bien ici, dit Esther. Rentrons.

— M-moi j'ai f-froid », bégaya Frankie.

Lentement ils retraversèrent la haute couche de neige. Zachary saisit la poignée de chêne et se mit à la secouer.

« Qu'est-ce qui se passe ? demanda Carl.

— Nous sommes enfermés. »

6

OONA

« Ça ne sert à rien, dit Zachary avec un sanglot dans la voix. Personne ne nous entendra. Personne ! »

Ils avaient frappé contre la lourde porte et hurlé jusqu'à ce que leurs poings et leur voix n'en puissent plus. Esther se jucha timidement sur une chaise enneigée. Carl pleurait, Frankie aussi. Ils se tournèrent tous trois vers Zachary, qui sentit leur regard peser sur lui.

« Ce n'est pas juste, pensa-t-il amèrement. C'est toujours moi qui dois trouver les réponses. »

Comme d'habitude, il se mit à repousser nerveusement ses lunettes sur son nez. Le froid engourdissait les enfants, et aussi l'idée que quelqu'un les avait intentionnellement enfermés là.

Soudain Esther sauta de sa chaise.

« Ça ne sert à rien de rester assis ici, dit-elle avec bon sens. Nous allons geler. Carl, Frankie, arrêtez tout de suite de pleurer. Tout va s'arranger. Il suffit de sortir et de faire le tour de la maison jusqu'à ce que nous trouvions une porte ou une fenêtre. »

Tant de confiance entraîna la petite troupe jusqu'aux portes-fenêtres. Mais là, une rafale d'air glacé les arrêta dans leur élan. La couche de neige était épaisse. Et ils se rappelèrent avec consternation que sur la gauche s'élevait la chapelle aux hautes fenêtres gothiques, et sur la droite, les anciennes toilettes pour dames qui ne présentaient pas la moindre ouverture.

Déjà la lumière déclinait. L'obscurité envahissait tout. Bientôt on allumerait les chandelles et, dans toute la maison, on fermerait les volets pour faire obstacle au froid de la nuit.

« Au se-cours ! » cria Esther en renversant la tête pour projeter sa voix jusque vers les hauteurs grisâtres des balcons, des fenêtres et des corniches neigeuses.

Carl, Zachary et même Frankie se mirent à crier à l'unisson avec elle. Mais au même instant le vent se leva. Soufflant de la sombre forêt, il s'en vint fouetter les jardins, soulevant une écume blanche autour des urnes et des chérubins sur les fontaines gelées. Les enfants, le visage couvert de neige, n'y voyaient plus clair.

Puis Zachary s'écria d'une voix étranglée :

« Chut ! Regardez ! Là ! »

Les autres suivirent des yeux la direction qu'il indiquait.

Malgré le vent, leurs cris avaient porté. On avait entendu... Quoi, des pleurs d'enfants terrifiés ? Ou plutôt la plainte angoissée du gibier...

Le sang se figea dans leurs veines. C'était un loup. Mourant de faim, piteux, enfoncé dans la neige jusqu'à mi-corps, il les observait, noir et tranquille.

Les enfants se précipitèrent dans le salon, à l'abri du vent, et frappèrent la porte à coups redoublés. Lorsqu'ils se retournèrent, ils découvrirent, dans le brouillard, non pas un mais quatre loups qui les observaient avec une suave curiosité.

« Au secours ! Pitié ! Au secours ! »

La nuit qui tombait écrasait la neige d'ombres grises. Le peu de couleur qui restait dans le salon faiblissait. La forêt se dressait comme un mur noir hérissé de pointes.

Bientôt, de ses profondeurs, s'élevèrent les premiers cris lugubres de la meute. Ils étaient déjà sept loups dans le jardin. Et soudain, une grande louve à longs poils surgit d'entre les arbres. Elle s'avança, labourant la neige de ses pattes et grondant ; son attitude galvanisa les autres. Tous ensemble, les loups hurlants s'élancèrent entre les tas de neige, formant un arc qui se resserrait autour du salon enneigé.

Les appels à l'aide des enfants s'étaient mués en cris de terreur.

Une voix s'éleva.

« Hep ! Venez, vite ! »

Cela venait de derrière eux. Attirés comme par un aimant, ils se précipitèrent, bousculant les chaises au passage et se cognant comme des aveugles effrayés. La voix appartenait à une fille qui les attendait dans une ouverture tout simplement surgie du mur. Ils s'y engouffrèrent ; le passage secret se referma derrière eux et ils se retrouvèrent tapis les uns contre les autres dans un boyau étroit. Le grondement rageur des loups leur parvenait désormais comme un écho très lointain.

Ils passèrent quelques minutes à pleurer, pelotonnés les uns contre les autres.

Une lanterne à la main, la fille qui les avait sauvés les regardait, mi-étonnée, mi-amusée. C'était une petite boulotte, pas très jolie, avec les cheveux coupés au bol, un visage rond et des yeux moqueurs. Ses vêtements étaient rapiécés et elle portait un bâton où elle avait fiché un couteau de cuisine.

« Ça y est, vous avez fini de faire des bulles ? Si j'avais su que vous étiez des braillards pareils, je vous aurais sauvés plus tôt. »

Esther essuya ses larmes du revers de la main.

« Tu étais en train de nous espionner alors que tu aurais pu nous sauver plus tôt ? »

La fille fut sensible au reproche.

« J'aurais aussi bien pu vous laisser tomber, rétorqua-t-elle. Personne ne vous a obligés à entrer dans ce salon. Et qu'est-ce que vous avez fait pour moi, vous ? »

Ils se turent. Puis ils commencèrent à se chamailler pour savoir qui allait moucher Frankie. À qui était-ce le tour ?

Esther se tourna vers la fille.

« Au fait, je m'appelle...

— Je sais. Je connais tous vos noms. Et j'en sais assez pour être sûre que personne dans cette maison ne me remerciera de vous avoir sauvés. Quant à espérer une récompense... »

Ils attendirent qu'elle se présente spontanément, mais il fallut que Carl pose la question.

« Si vous tenez vraiment à le savoir, répondit-elle, je m'appelle Oona.

— Où est-ce que tu habites ? » demanda Zachary.

Oona rejeta la tête en arrière et se mit à rire si fort que tout le boyau résonna. Les loups, en l'entendant, se remirent à gronder.

« Où j'habite ? Mais ici, gros bêta. Je fais partie des Rats. Nous vivons dans les tuyaux et les souterrains de votre beau manoir. »

Les quatre enfants avaient de quoi s'occuper l'esprit pendant qu'Oona les conduisait dans les méandres du boyau.

Quelqu'un avait voulu les tuer de sang-froid en verrouillant les portes du salon. Mais qui ? C'était Lenoir qui avait attiré leur attention sur cette pièce. Et Dunn, sa femme et Mlle Pettigant savaient qu'ils s'y rendaient.

L'un d'entre eux avait poussé le verrou... Pourquoi un et pas plusieurs, d'ailleurs ? On pouvait imaginer qu'ils s'étaient associés. Tout était possible. Désormais, il faudrait se méfier d'eux. Les temps étaient au danger.

Et pour comble il y avait cette fille peu commune, cette Oona. Elle faisait partie des Rats, avait-elle dit ; alors combien étaient-ils à rôder secrètement dans les tuyaux, les égouts et les souterrains ? Une tribu entière ?

Zachary en particulier brûlait d'en demander plus, mais Oona avait cessé de répondre aux questions et ils marchaient en silence.

Enfin elle se retourna et dit brutalement :

« Maintenant vous allez passer par cette porte. Et n'essayez plus jamais de l'ouvrir. Jamais ! Compris ? Vraiment, j'aurais dû vous laisser avec les loups. Si vous voulez me remercier de vous avoir sauvés, oubliez-moi aussi vite que possible. »

Ils hochèrent la tête et la remercièrent quand même. Oona fit jouer une porte rectangulaire et les poussa par l'ouverture. Lorsque la porte se fut refermée, les quatre enfants s'aperçurent qu'il s'agissait du tableau noir de leur salle de classe.

Un message y était gribouillé à la craie :

« Giorgio mon shérif. Je t'aime de toutes les fibres de mon être. Un million de bisous. Amour Éternel. Amélie Givre. »

« Beurk ! » grommela Carl.

Zachary désigna le mot « shérif ».

« Elle a voulu dire "chéri", dit-il en repoussant ses lunettes sur son nez. Elle a toujours été nulle en orthographe. »

7

CHÂTIMENTS CORPORELS

Esther avait décidé de bien les observer : Dunn, Mme Dunn, Lenoir et Mlle Pettigant. L'expression de la culpabilité se lirait sur leur visage et les trahirait.

À l'heure du dîner, ils arrivèrent ensemble à table.

Un feu craquait dans la cheminée et les flammes des chandelles vacillaient, jetant des reflets changeants sur l'argenterie et illuminant les visages des convives. Esther les observa les uns après les autres.

Mlle Pettigant était toute en émoi, comme d'habitude.

« Mon éventail. Mon éventail. Oh ! là ! là ! On dirait que je l'ai égaré. »

Un éventail ! Les radiateurs étaient en panne, il faisait un froid de canard et elle réclamait son éventail.

Lenoir, son sourire le plus obséquieux fiché sur le visage, hochait la tête et s'inclinait dès qu'il croisait le regard de quelqu'un. Mme Dunn, elle, n'avait que ses « petits gars » en tête : l'un d'entre eux s'était « oublié » sur le tapis.

Évidemment, Lenoir s'empressa de réparer les dégâts et alla même jusqu'à caresser le fautif sur la tête. Mme Dunn lui sourit brièvement de ses lèvres minces. Esther trouva que ce sourire ressemblait à du poison.

Quant à Dunn, il ne faisait presque pas attention aux enfants. Ses pensées étaient ailleurs. Affalé sur sa chaise, il se resservait sans cesse du vin rouge. Lorsque Esther croisa son regard, il détourna les yeux comme s'il avait honte.

« Dunn ! Ce doit être Dunn ! ».

Le cœur d'Esther se serra, la colère monta en elle et, plus étrangement, une sorte de pitié.

Au même moment, Dunn, en voulant prendre son verre, le renversa. Le vin se renversa sur la nappe et s'étala comme une tache de sang. Aphide émit un grognement réprobateur. Lenoir se précipita pour éponger le vin, mais Dunn le repoussa.

« Touche pas, toi ! s'exclama-t-il d'une voix alourdie par l'alcool. Qu'on me laisse tranquille à mon bout de table, au moins ! »

Puis les enfants s'aperçurent qu'il manquait une chaise. Aphide se tourna vers eux, son sourire empoisonné aux lèvres.

« Cet enfant, là, commença-t-elle en désignant Frankie (mais ne pouvait-elle pas au moins l'appeler par son nom ?). Je pense qu'il n'est pas souhaitable de voir un infirme déchiqueter et répandre sa nourriture à ma table. J'ai donc pris des dispositions à son sujet.

— Frankie ? s'exclama Zachary. Mais le maître le faisait toujours asseoir auprès de lui. C'est même lui qui découpait sa nourriture.

— Le maître par-ci, le maître par-là, ricana Aphide. Mais il n'était pas si malin que ça, votre maître.

— Et qu'est-ce que vous allez faire de Frankie ? s'enquit Carl.

— Ce que je vais faire ? Je ne vais pas le manger, mon garçon, n'aie pas peur. Il faut simplement qu'il s'en aille dîner derrière ce paravent. Je t'assure que ce sera mieux pour lui aussi. Si j'étais à sa place, je serais bien triste de voir les autres utiliser normalement leur couteau et leur fourchette sans être capable d'en faire autant.

— Soyez tranquille, susurra Lenoir. Je vais m'en occuper, moi, de ce petit bonhomme. »

Les enfants s'assirent avec réticence. On emmena Frankie derrière un paravent de laque chinoise. Ils entendirent Lenoir qui ronronnait :

« Qui c'est qui va être mignon tout plein ? Qui c'est qui va manger gentiment son miam-miam ? »

Dunn se versa encore un verre de vin et, comme Esther surprenait son regard pour la seconde fois, il la regarda bien en face, de l'air d'implorer son pardon.

« Peut-être que ce n'est pas lui l'assassin, songea-t-elle. Peut-être se sent-il seulement coupable à cause de Frankie. »

Dunn se leva maladroitement pour découper le rôti.

« Allez, dit-il, on va la débiter, cette fichue viande. »

Mlle Pettigant tordit son cou de cygne pour se tourner vers sa maîtresse.

« Sauf votre respect, chère madame Dunn, c'est extraordinaire ce que vous avez l'air reposée. Avez-vous bien dormi ?

— Dormi ? Je paierais cher pour une bonne nuit de sommeil. Ah oui, très cher, mais j'ai le sommeil si léger. Le moindre crissement, le moindre grattement me réveille. Je n'aurais pas un instant de repos jusqu'à ce que la vermine soit éliminée de cette maison. »

Sur ce, elle croisa les bras et se frotta nerveusement les coudes.

Les enfants échangèrent des regards entendus. Dunn dit mollement :

« Il y a des rats dans toutes les grandes maisons. C'est comme ça. »

Aphide laissa échapper un ricanement qui l'enlaidit encore.

« On n'est pas obligé de s'y habituer. Et encore moins de les encourager.

— Que voulez-vous dire, chère madame Dunn ? » demanda Mlle Pettigant en gloussant.

Aphide se redressa sur sa chaise et fixa les yeux sur son mari.

« Eh bien, ma chère Pettigant, tout cela est absurde. Aujourd'hui, j'ai découvert que quelqu'un laissait de la nourriture à la disposition de cette ignoble vermine. Et non pas quelques restes, entendez-moi bien, mais quasiment la moitié du garde-manger. Il existait ici même, sous notre toit, une servante qui avait pour tâche de les nourrir. C'est le maître qui le lui avait ordonné, m'a-t-elle dit pour sa défense. Quels que soient les ordres du maître, ai-je rétorqué, cela dépasse le sens commun. J'ai donc renvoyé cette fille sur-le-champ, et ordonné qu'on rapporte la nourriture à la cuisine. »

Esther remarqua que Dunn coupait la viande avec une violence inaccoutumée, comme s'il était en colère. Au même moment, la voix de Lenoir lui parvint de derrière le paravent, sombre et menaçante cette fois.

« Mange ton chou, crétin, ou les loups te mangeront. Tu m'entends, abruti ? »

La petite fille se trouva tiraillée entre les deux conversations.

Dans un grand bruit de ferraille, Dunn laissa tomber le couteau et la fourchette à découper. Tout le monde leva les yeux vers lui avec stupéfaction. Mais dès qu'il croisa le regard de sa femme, il retrouva son expression canine et servile.

« Il y a toujours eu des rats dans la maison, chérie, répéta-t-il doucement.

— Je ne dis pas le contraire. Tout ce que je dis, c'est qu'il n'y a aucune raison de continuer à les nourrir. Le bien-être de ta femme vaut tout de même bien ça, monsieur Dunn ? »

Mlle Pettigant laissa échapper un gloussement. Elle avait bu deux petites gorgées de vin et elle était déjà complètement pompette.

« On devrait peut-être appeler le tueur de rats ?

— Excellente suggestion, Pettigant ! acquiesça Aphide. De mon point de vue, l'homme qu'il nous faut n'est autre que Moïse Mummery. »

En entendant ce nom, Mlle Pettigant poussa un couinement. Aphide s'énerva.

« Pour l'amour de Dieu, ma fille, ne vous mettez pas dans des états pareils ! Ce n'est peut-être pas le plus charmant des hommes, mais au moins il fera les choses à fond. Et quant à ces bruits qui courent sur son... »

Au même instant, Frankie poussa un hurlement de rage. Sans doute accompagné d'un violent coup de pied, car le paravent chinois se replia et tomba à grand bruit devant lui. Tout le monde se retourna.

Lenoir avait cloué le petit garçon sur son fauteuil et le maintenait fermement tout en lui enfonçant une cuiller dans la bouche.

« J'AIME PAS LE CHOU », hurla Frankie en crachant tout par terre.

Carl bondit de son siège et se mit à crier lui aussi.

« Laisse-le ! Tu m'entends ? Fiche-lui la paix !

— Assieds-toi, jeune homme ! trancha Aphide. C'est une salle à manger, ici, pas un lieu de réunion publique. »

Mais dans sa rage, Carl se tourna vers elle, écumant.

« Fichez-nous la paix vous aussi, espèce de... De grosse crotte molle ! »

Un silence de mort s'abattit sur la pièce. On n'entendait plus que les gémissements de Frankie. Mlle Pettigant regarda sa maîtresse, espérant un châtiment digne de ce nom. Mais Aphide avait refermé les bras sur sa poitrine, comme quelqu'un qui a reçu un coup. Elle pouvait à peine parler.

« C'est insensé... Jamais de ma vie... De mon temps, les enfants... Quel scandale !...

— Cet enfant mérite le fouet », décréta Mlle Pettigant.

Mais elle rougit aussitôt de sa propre hardiesse.

« En effet, il faut lui inculquer les bonnes manières, répondit Aphide, haletante. Mademoiselle Pettigant, inscrivez immédiatement le nom de cette créature. Écrivez : privé de dîner pendant une semaine, pas de viande, pas de sucre dans son thé. Et toi, monsieur Dunn ? Qu'est-ce que tu comptes faire devant cette marque d'impertinence intolérable ? Ces enfants sont livrés à eux-mêmes depuis bien trop longtemps. Une vraie tribu de sauvages, indomptables. »

Dunn se leva docilement.

« Venez, monsieur Carl. »

La tête basse, Carl le suivit dans la pièce voisine. Dunn s'empara d'un coussin et défit le barreau d'une chaise. Lorsqu'il se retourna, le petit garçon commença à défaire son pantalon, mais Dunn lui adressa un merveilleux sourire complice.

Un doigt devant la bouche, il déclara gravement :

« Il vous faut apprendre à respecter vos aînés, monsieur Carl. Soyez courageux, et prenez cette punition comme un homme. »

Sur ce, il leva son bâton, l'abattit avec un bruit sourd sur le dossier du canapé et fit un petit signe à Carl.

« Ouille ! cria obligeamment le petit garçon.

— Pan !

— Aïe !

— Pan !

— Pitié, monsieur Dunn !

— Pan !

— Aaah ! »

Dunn mit la main devant sa bouche pour étouffer un éclat de rire. Il tendit le bâton à Carl qui se mit à déambuler dans la pièce en frappant les meubles au hasard et en poussant des cris de douleur.

Bientôt, un nuage de poussière envahit la pièce.

Attirant le petit garçon à lui, Dunn mouilla son doigt et lui peignit soigneusement quelques larmes sur les joues.

« Voilà, monsieur Carl, dit-il d'un ton sévère. Que cela vous serve de leçon ! »

8

UNE OPÉRATION D'ESPIONNAGE

Dans tous les coins de la maison on murmurait le nom de Moïse Mummery, et jamais les rats n'avaient eu tant d'alliés. Léa, la servante française, annonça qu'elle quitterait immédiatement la maison si cet individu y mettait le pied. M. Hunter-Spruce, le sommelier, déclara que jamais il ne s'abaisserait à le servir et quant à M. Doyle, qui travaillait à la salle des chaudières, il disait à qui voulait l'entendre que s'il y avait une once de justice en ce monde, Moïse Mummery serait pendu haut et court depuis des lustres.

C'était l'unique sujet de toutes les conversations.

Moïse Mummery, à ce qu'on disait, était un vampire. Vingt ans plus tôt, une série d'assassinats d'enfants d'une sauvagerie peu commune avait eu lieu dans les environs. On n'avait jamais trouvé de preuves, mais Mummery avait été chassé de son village et confiné dans les profondeurs mornes et hostiles de la forêt, loin de ses semblables.

« Et qui va aller le chercher ? demanda Carl. On ne peut pas faire un pas sans tomber sur des tas de neige et des hordes de loups.

— Lenoir, évidemment », répondit Esther.

Zachary hocha la tête.

« Il sauterait dans un cerceau enflammé pour faire plaisir à Dunn et à sa femme. »

Ils étaient dans la salle de classe. À nouveau, le chauffage était tombé en panne. Il faisait sombre, une lueur aux reflets de fer-blanc tombait des vitres gelées. Ils portaient chacun trois pull-overs et ils avaient encore froid. Zachary se pencha sur l'âtre et tisonna les quelques livres qui rougeoyaient sans se résoudre à flamber.

Ils avaient commencé par jeter au feu les ouvrages qu'ils aimaient le moins : la *Physique élémentaire*, le *Précis de Grammaire* et les *Mathématiques de MacGonnagall*. Esther conservait précieusement le journal intime de Mlle Givre et refusait d'en faire du combustible. De temps en temps, elle tentait d'en lire un passage, mais il y avait beaucoup de mots qu'elle n'arrivait pas à comprendre, et le Dictionnaire du docteur Johnson avait été brûlé la veille. Ils avaient grillé leur pain grâce au travail d'une vie entière de ce grand lexicographe.

Un peu à l'écart des autres, les bras autour de ses genoux, Carl écoutait avec attention. Ce fut peut-être à ce moment-là qu'il prit sa décision. Il allait surveiller Lenoir, et dès que celui-ci partirait chercher Moïse, il s'arrangerait pour prévenir les Rats. L'une d'entre eux leur avait sauvé la vie. Il n'allait tout de même pas rester sans rien faire maintenant que les Rats étaient promis à l'extermination.

Carl commença par visiter les écuries. Il se creusa une tanière dans le foin. Il faisait étonnamment chaud parmi les chevaux, et les garçons d'écurie furent très gentils avec lui : ils lui donnaient des biscuits au chocolat et de vieux fers à cheval. De temps en temps, Carl emmenait Frankie avec lui et le petit garçon, bien au chaud, s'endormait dans un boxe vide. Cependant Carl ne dévoila pas aux autres son opération d'espionnage. Il adorait faire des mystères.

Quatre jours plus tard, il entendit soudain une voix suraiguë. Avec une grimace, il s'aplatit dans le foin. C'était Aphide qui renvoyait tous les domestiques des écuries et leur ordonnait d'attendre dehors, dans la neige.

Il l'observa à travers la paille, qui entrait furtivement, emmitouflée dans une fourrure. Elle avait son sourire empoisonné chevillé au visage. Quelques pas derrière elle Lenoir s'avançait, la tête penchée, lui jetant de temps à autre un regard interrogateur.

Il portait un des manteaux du maître, trop grand pour lui, qui lui donnait l'air d'un gamin.

« Choisissez le cheval qui vous plaira, Lenoir, dit Aphide d'une voix qui tremblait un peu. Prenez votre temps. Réfléchissez bien. Le temps qu'on passe à choisir une bonne monture n'est pas perdu. »

Lenoir hocha la tête, s'agitant d'une jambe sur l'autre. Il était évident que toutes ces attentions le mettaient mal à l'aise.

« Pensez-vous toujours que vous y arriverez tout seul ? demanda-t-elle abruptement, toujours souriante.

— J'ai besoin de personne. Je m'en suis pas si mal tiré jusqu'ici.

— Écoutez, imbécile. Combien de fois faudra-t-il vous le répéter ? J'ai besoin de votre aide. C'est le moment de profiter de ce qui s'offre, vous vous en rendez bien compte. Et vous voyez aussi que Dunn n'est pas l'homme de la situation. Jusqu'ici c'est moi, Aphide Dunn, qui ai tout organisé, qui ai pris tous les risques. Voyez-vous, Lenoir, je suis ambitieuse et je n'ai pas honte de l'admettre. J'aime tout ce qu'il y a de meilleur dans la vie. Mais j'ai besoin de quelqu'un comme vous qui m'aide à obtenir ce que je veux. D'ailleurs il y a plus qu'assez pour nous deux ici.

— Je ne suis pas celui que vous croyez, madame Dunn. Moi, je suis seulement le second de votre mari. J'essaie de faire mon boulot.

— Ne jouez pas à ça avec moi, dit Aphide avec un sourire entendu. Je vous ai observé. Et de près. »

Pour la première fois, Lenoir sortit de ses gonds.

« J'ai rien volé. Je ne truque pas les livres et je ne triche pas. Je suis régulier.

— Précisément. C'est ce qui fait de vous une exception dans cette maison. Et j'imagine que si vous ne vous fatiguez pas à ramasser les miettes, c'est que vous attendez l'occasion de saisir le gros morceau. »

Lenoir se retourna et fit un geste vers les chevaux.

« J'ai parlé avec le gars, avant. Il m'a dit que toutes ces carnes se valaient bien. Alors l'une ou l'autre... Je vais prendre celui-là, le blanc. Blanc comme neige, ha ha ha ! »

Aphide le regarda monter sur son cheval, sans un mot. Lorsqu'il fut en selle, Carl remarqua qu'une épée pendait à son côté.

« Réfléchissez, Lenoir ! répéta Aphide. Et ne commettez pas d'imprudences.

— J'ai pas peur des loups, dit-il à voix basse. Je les comprends. Ils sont cruels, c'est dans leur nature. Vous voulez que j'aille chercher le vieux Mummery ? Je ferai de mon mieux. Mais je peux rien promettre. Il ne voudra peut-être pas se mettre en route par ce temps. »

Aphide caressa le flanc de la jument blanche.

« Vous le persuaderez, il le faut. À son âge on n'a

plus guère de désirs, mais la perspective d'un lit bien chaud et de la bonne chère devrait le convaincre. Les vieux sont avides, c'est leur nature. Comme les loups. »

Saisissant la bride, elle conduisit le cheval hors de l'écurie, jusque dans la neige jaunâtre et tassée de la cour.

Lorsque les palefreniers aux voix amies eurent réintégré l'étable, Carl bondit de sa cachette. Il avait encore de la paille dans les cheveux lorsqu'il se présenta devant les trois autres.

« Il est parti !

— Qui ?

— Lenoir. Parti chercher Moïse. Mme Dunn l'a envoyé là-bas. Et ce Moïse tuera tous les Rats. Il faut les avertir. »

Les autres le regardèrent, abasourdis. Mais Carl avait déjà réfléchi à la question. Les mots lui sortaient de la bouche en vrac, sans une pause.

« On pourrait essayer d'entrer dans le tunnel des Rats en démolissant le tableau noir. Mais Oona nous a prévenus de ne pas faire ça, il ne faudrait pas lui causer de problèmes. Et puis on finirait par se perdre. J'ai donc une meilleure idée. Puisque les Rats vivent dans les canalisations, on pourrait crier dans les tuyaux pour les avertir ?

— Mais tous les tuyaux sont dehors. Les gouttières sont couvertes de neige. »

Carl s'irrita : elle n'avait rien compris à son plan.

« Ne soit pas idiote, Esther. Il n'y a pas que les gouttières. Tu as pensé aux tuyaux de la salle de bains ? »

Esther échangea un regard avec Zachary, qui haussa les épaules.

« On peut toujours essayer. »

Ensemble, comme s'il n'y avait pas une seconde à perdre, ils coururent à la salle de bains la plus proche. C'était une pièce froide et nue qui sentait le désinfectant au pin. La porcelaine étincelait, grandiose, décorée de motifs bleus : coquillages, dauphins et sirènes.

Zachary fit le guet pendant qu'Esther et Carl se penchaient sur la baignoire et le lavabo en criant des avertissements. Mais on pouvait à peine entendre ce qu'ils disaient tant Frankie riait à perdre haleine.

9

LE MONDE SOUTERRAIN

Nuit complète sur le manoir. Esther était couchée dans son lit trop grand, toujours glacé aux coins, et malgré sa fatigue elle ne pouvait dormir. Un théâtre mal éclairé s'animait dans son esprit. Sur la scène, elle voyait Lenoir chevauchant sa jument blanche dans la neige épaisse, avec des loups tout autour. Mentalement, Esther supplia les loups d'attaquer Lenoir et d'épargner le cheval.

Mais elle n'était pas maîtresse de l'histoire. La scène changea. Ils étaient deux, désormais, sur le cheval, de retour dans l'obscurité épaisse de la forêt, à minuit : Lenoir et Moïse Mummery.

« Je voudrais que les loups les tuent tous les deux », songea Esther.

Mais la silhouette de Mummery était comme une

brume épaisse et les loups, plus effrayés qu'affamés, se retiraient peu à peu, et...

« J'ai dit : "tu dors ?", et tu as répondu "non", mais en fait tu dormais, dit une voix moqueuse.

— Qui est-ce ? demanda Esther à moitié endormie.

— Un Rat qui vous veut du bien. »

Quelque chose atterrit au bout du lit. Esther se redressa. Son premier mouvement d'indignation laissa place à une joie étrange.

« C'est toi ! C'est toi, Oona. Je ne me trompe pas, hein ? C'est toi qui nous as sauvés des loups.

— Et alors ? »

Esther ne répondit rien. Elle sentit qu'Oona regardait autour d'elle.

« Fait froid, ici. C'est bête qu'on doive vous faire souffrir en même temps que Dunn et sa bande. Mais quand on sabote le chauffage, on ne peut faire d'exception pour personne. »

Esther mit quelque temps à comprendre.

« C'est vous qui avez cassé le chauffage ? Mais pourquoi ?

— Vous ne nous donnez plus rien à manger. Alors nous, les Rats, on a cessé d'entretenir la tuyauterie. C'est un contrat. Ou plus exactement, il n'y a jamais eu de contrat. Le maître avait compris. Il laissait des provisions pour nous. En paiement, quoi. Mais l'autre mijaurée d'Aphide a mis fin à tout ça, alors nous, les Rats, on ne fait plus notre travail.

— Tu sais qu'elle a envoyé Lenoir chercher Moïse Mummery. Il doit extrémi... exterma... enfin, on l'a appelé pour qu'il tue tous les Rats. »

Cette nouvelle amusa beaucoup Oona qui, rejetant la tête en arrière, se mit à rire aux éclats. Esther, se rappelant ses leçons de maintien, jugea que ce comportement n'était pas le fait d'une demoiselle bien élevée.

« Mais on est au courant depuis le début ! Avant même que vous n'alliez crier la nouvelle dans les tuyaux de la salle de bain. C'est pas la peine de hurler, tu sais. Les Rats ont l'ouïe fine.

— Je suis désolée.

— Ne sois pas désolée ! C'était drôlement chic de votre part, répondit Oona avec douceur. Les Rats reconnaissent leurs amis. N'ayez pas peur, nous vous protégerons de Mummery.

— Mais... »

Tout se brouillait dans l'esprit d'Esther.

Oona soupira et se mit à expliquer avec patience :

« Écoute, c'est vrai que les Rats dérangent les gens de cette maison, mais vous autres, les enfants du maître, vous êtes une véritable menace. Ils sont quelques-uns sous ce toit à faire des projets d'avenir. Et vous autres, rien qu'en respirant et en vous levant le matin, vous vous mettez en travers de ces projets. Personne n'a encore trouvé le testament du maître, et il est très possible qu'il vous ait tout légué.

— Ça t'ennuie si j'allume une lampe ? demanda Esther. J'ai envie de te voir.

— Vas-y, allume. Tu en auras besoin dans les canalisations.

— Où ça ?

— Ne fais pas l'innocente. Tu as envie de venir visiter notre monde, pas vrai ? J'ai dû discuter longtemps, mais j'ai obtenu l'autorisation. J'ai persuadé les autres Rats de te laisser venir chez nous. Tu es prête ?

— Tu parles ! J'ai trois pulls sur moi et deux paires de chaussettes. Qui est-ce qui a coupé le chauffage, au fait ?

— C'est nous ! » répondit Oona en rejetant la tête et en laissant échapper, une fois encore, son rire sonore.

Elle était entrée par le plafond et s'était laissée tomber directement sur le lit, mais pour sortir de la pièce, elle conduisit Esther à la fenêtre dont les contours éclairés par la lune se dessinaient en transparence sur le rideau. Esther tint la lampe pendant que Oona enlevait les coussins de la banquette et la soulevait.

« Je n'ai pas besoin de lumière, dit-elle. Garde-la pour toi ! »

Esther éteignit la lampe et s'introduisit dans le passage qui s'ouvrait sous la banquette et descendait en pente douce.

« Ferme la trappe derrière toi ! » ordonna Oona.

Esther ramena la banquette sur sa base et s'engagea dans l'escalier. La voix moqueuse d'Oona lui parvint, tout en bas.

« Allez, grouille-toi !

— Facile à dire, répliqua la petite fille. Je ne suis pas un Rat, moi ! »

Et à nouveau un rire tonitruant s'éleva dans les airs.

Esther n'avait aucune idée de ce qu'elle allait découvrir. Peut-être un trou sinistre, étroit, humide et puant. Mais il n'en fut rien. Au bas des marches s'ouvrait un vaste tunnel, dans lequel la petite fille marcha un bon moment avant de se rendre compte qu'il s'agissait en fait d'un tuyau.

Le plafond s'arrondissait à la lueur de sa lampe, les parois s'incurvaient jusqu'au sol concave. Mais cela ne rendait pas la marche plus difficile pour autant. Les pas d'Esther derrière Oona résonnaient d'un tintement métallique.

Soudain Oona s'arrêta pour montrer quelque chose à son amie. Mais Esther ne parvint pas à comprendre de quoi il s'agissait.

« Mais la soudure, enfin ! expliqua Oona avec irritation. Tu vois, elle n'a pas bougé depuis le premier jour. Et touche un peu comme c'est doux ! »

Et elle caressa du doigt la ligne de soudure, comme si c'était le pelage d'un chat.

Un peu plus loin, le tuyau se rétrécissait. D'autres canalisations le rejoignaient et de petits tuyaux de cuivre s'entrecroisaient au plafond. Oona, soucieuse de parfaire l'éducation de son amie, lui détailla toutes les subtilités possibles : joints universels, collets de plomb, courbure en double S. Quant à la bouche d'égout, c'était une invention qui la remplissait d'admiration.

« Magnifique ! » murmura-t-elle entre ses dents.

Les tuyaux géants étaient comme autant de routes grandes ouvertes, cependant les deux filles ne rencontrèrent personne en chemin. Esther ne s'en portait pas plus mal. Ce monde souterrain avait un air de territoire interdit, et elle se sentait en effraction. Mais tout de même, ç'aurait été intéressant de rencontrer d'autres Rats.

Elle se rappelait avoir lu un livre sur la Forêt tropicale et les indigènes des tribus perdues. On disait qu'en fait, ils étaient toujours là, qu'ils se cachaient derrière les fougères hautes et les arbres au feuillage épais.

Un bruit d'eau parvint à son oreille.

« Économise ta lampe, tu en auras besoin pour le retour », dit Oona en l'éteignant d'elle-même.

Dans la pénombre grisâtre, Esther la vit sourire.

« Allez, viens ! »

Plus elles avançaient, plus le bruit de l'eau résonnait, et plus la lumière augmentait. Une lumière vacillante, presque liquide. Le tuyau s'arrêta brus-

quement et Esther se retrouva au bord d'un grand lac souterrain.

« Qu'est-ce que c'est ?

— Le réservoir, dit Oona. La future eau de ton bain.

— Et ces lumières, là-bas ?

— C'est chez moi. J'habite sur un bateau avec Man O'Dea. »

Tout en descendant les quelques marches qui menaient à un petit bateau à rames, Oona expliqua que Man O'Dea l'avait trouvée un jour dans un panier, et qu'il l'avait adoptée, ne sachant pas qui étaient ses vrais parents.

« S'il n'avait pas été là, ajouta tranquillement Oona, je serais morte et personne n'aurait jamais retrouvé ma trace. Le panier prenait l'eau ; d'ailleurs j'ai été malade pendant des semaines. C'est ce que Man m'a raconté, en tout cas. »

Esther hocha la tête.

« Cet homme est donc en quelque sorte un père pour toi », conclut-elle : elle aimait que les choses soient clairement organisées dans son esprit.

Une fois de plus, Oona rejeta la tête en arrière et hurla de rire. Le bateau vacilla sous ses hoquets.

« Tu es vraiment bizarre », dit-elle.

Esther serra les lèvres et se promit de ne plus rien dire jusqu'au moment où elle pourrait décocher une remarque bien acerbe à Oona. Mais sa résolution ne tint pas : elle entendit quelque chose qui la fit bondir.

« Hé ! doucement, fit Oona. Tu vas nous faire chavirer.

— Tu n'as pas entendu ?

— Ce n'est rien. Ce sont les Murmures. »

Une voix, glissant sur l'eau comme un fantôme, s'approchait d'elles. Esther reconnut le timbre d'Aphide, mais elle ne saisit pas tous les mots.

« Comment... dormi... Dunn ?... rats... crise de nerfs... Mais bientôt... Mais bientôt... »

Puis, se mêlant à la voix d'Aphide, vint un autre murmure. C'était un domestique qui parlait à son chien. Puis un troisième : une femme de chambre qui se plaignait d'avoir à se déshabiller dans le froid. Trois conversations différentes, provenant de trois secteurs du manoir, se chevauchant, montant, descendant.

Indifférente, Oona enfonçait rythmiquement la pagaie dans l'eau. Esther se tenait aux parois du bateau. Ainsi, le réservoir était le réceptacle naturel des bruits de la maison. Pas étonnant que les Rats aient déjà appris l'arrivée de Moïse Mummery.

Le petit canot toucha le flanc du bateau de Man O'Dea. C'était un long bateau en bois nu avec un seul mât et une corde à linge où pendait une abondante lessive. Un chat était couché sur le pont. Oona le prit dans ses bras et se mit à brailler :

« O'Dea ? O'Dea ? Où est-ce que tu te caches ? Je ne suis pas le percepteur, tu sais ! »

La voix du vieil homme s'éleva des profondeurs du bateau :

« C'est encore cette petite sauvageonne qui vient troubler mon repos ? »

Il parlait avec une grande tendresse. Oona sourit en caressant maladroitement le chat.

« J'arrive. J'arrive. »

Man O'Dea apparut sur le pont. C'était un vigoureux vieillard aux cheveux argentés, qui avançait par à-coups, tâtonnant avec ses grandes mains massives pour trouver son chemin. Il portait des bottines sans lacets dans lesquelles ses pieds flottaient.

« Mais où est cette gamine ? » dit-il en se tournant en tous sens.

Puis il tendit la main. Oona s'avança pour se mettre à sa portée, mais lorsque Man fit le geste de la toucher, elle lui présenta le chat, de sorte que le vieillard caressa la fourrure soyeuse au lieu des cheveux de la petite fille. Il comprit la plaisanterie et dit en souriant :

« Mon Dieu, Oona, ma chérie, comme tes cheveux sont devenus doux ! Tu les laves souvent, en ce moment ? »

Au même moment, le chat sauta en miaulant des bras de sa maîtresse et lui griffa la main. Oona la porta à sa bouche en grommelant, alors que Man éclatait de rire et se battait les flancs.

« Oh, ça va ! grogna-t-elle.

— Tu as été chercher ton amie ? demanda Man.

— C'est pas mon amie, répliqua Oona, rouge d'embarras. C'est une connaissance.

— Pourtant tu as bien besoin d'amis, Oona ma chérie, la taquina Man. Tu ne peux pas passer ta vie avec un vieux bonhomme comme moi.

— Il faut bien que quelqu'un s'occupe de toi. »

À nouveau, Man éclata de rire. Puis il tendit la main en disant doucement :

« Où est-elle ? »

Oona guida Esther près de Man. Cette fois, comme le vieil homme avançait la main, il toucha le visage de la petite fille et reconnut ses traits du bout des doigts.

« Elle est bien mince, cette petite. Pas comme toi, Oona, ma chérie. Et sa voix, est-elle aussi douce que ses traits ? Comment t'appelles-tu, mon enfant ?

— Euh... Esther, pour vous servir, euh... Monsieur, dit Esther très intimidée.

— Monsieur ? Ne sois donc pas si cérémonieuse, mon petit.

— Elle est toujours comme ça, commenta Oona qui s'était préparé une tartine de confiture.

— Alors, reprit Man O'Dea, il paraît que tu as accepté d'aider Oona ce soir ?

— Évidemment ! coupa Oona avant qu'Esther puisse placer un mot.

— Naturellement, j'irais moi-même si, comme tu l'as déjà deviné, je n'étais aveugle. Tout comme Moïse Mummery, ma petite Esther, contre lequel tu as eu la gentillesse de nous mettre en garde. »

Il laissa échapper un léger rire.

Cependant, Oona évitait le regard d'Esther et Esther était bien trop polie pour lui demander devant O'Dea de quoi il s'agissait.

Oona plongea dans les profondeurs du bateau, et réapparut avec un vieux cartable sur le dos. À sa vue, Esther poussa un cri.

« Mais c'est à moi !

— C'était à toi, nuance. Tu l'as jeté, tu te souviens ? Les Rats récupèrent les choses dont vous ne voulez plus. »

Man approuva en riant. Mais Esther comprit qu'il demeurait au fond très grave.

« Faites bien attention. Oona, pense à moi.

— Je penserai à toi, t'en fais pas.

— Alors prends bien soin de toi. Sauvageonne ! »

Le vieil homme sourit encore et le chat, blotti entre ses bras, se mit à ronronner.

Les deux petites filles s'en furent aussitôt. L'eau du réservoir brillait d'un éclat métallique. Des Murmures ensommeillés flottaient à la surface, avec çà et là un mot qui se détachait. Esther se retourna. Les lumières du bateau de Man O'Dea étaient déjà loin. Puis, posant les yeux sur le cartable, elle demanda :

« Qu'est-ce qu'il y a là-dedans ? » en le repoussant de la pointe du pied.

Sans cesser de ramer, Oona répondit :

« De la dynamite. »

10

SABOTAGE

« J'aurais mieux fait de ne rien te dire, fit Oona d'un ton boudeur. Je savais que tu réagirais comme une nouille. »

Elle avait d'abord tenté de rassurer Esther en lui expliquant tout ce qu'elle savait sur les détonateurs, les charges et les connexions électriques. La dynamite en elle-même était virtuellement inoffensive. Comme le mastic.

Par ailleurs il y en avait si peu dans le cartable qu'au pire, on aurait à peine pu y perdre une main, d'après ce que disait Oona. Mais Esther, qui tenait à ses deux mains, n'avait rien voulu entendre.

« C'est comme ça qu'il a perdu la vue ? demanda-t-elle.

— Qui ça ?

— Ton p... Man O'Dea. Est-ce qu'il a perdu la vue dans une explosion ? »

Oona prit un moment pour réfléchir. Elles étaient arrivées au bout du réservoir, et il fallut attacher le bateau à un anneau scellé dans le mur recouvert de métal.

« Je ne crois pas, dit-elle enfin. Man ne m'a jamais dit comment ça s'était passé. »

Elles s'engagèrent dans un boyau, Oona en tête. Le tuyau se rétrécissait au fur et à mesure qu'elles avançaient, si bien qu'elles finirent à quatre pattes. Comme elle s'arrêtait pour repousser une mèche de cheveux de ses yeux, Esther regarda le cartable qui oscillait sur le dos grassouillet de son amie. Et s'il tombait ? et si...

Esther jouait souvent à s'imaginer des choses.

Et si...

Oona mourait sur le coup, dans un éclair aveuglant, et c'était elle qui devait retourner, toute seule, porter la nouvelle à Man O'Dea. Le vieil homme aurait le cœur brisé, mais il s'en remettrait et il adopterait Esther à la place d'Oona...

Ou alors Oona ne serait que blessée, et Esther la sauverait. Elle ramerait comme un beau diable pour traverser le réservoir et Oona murmurerait :

« Oh, Esther... Il n'y a que toi pour pagayer si vite. »

Parfois Esther réussissait à se faire pleurer en inventant des histoires, même si, une heure plus tard, elle était la première à se moquer de sa sensiblerie.

« À quoi tu penses ? » s'enquit Oona d'un ton soupçonneux.

Esther sursauta.

« À rien. À Zachary et Carl. Ils seront drôlement jaloux quand je leur raconterai demain.

— Ouais. »

Elles étaient en train de monter à une échelle de métal fixée à l'intérieur d'un tuyau. À chaque pas, les barreaux résonnaient comme des cloches.

« Vas-y ! reprit Oona. Pose-la, ta question.

— Quelle question ?

— Sur la dynamite.

— Je suppose qu'elle servira à faire sauter quelque chose », fit Esther en haussant les épaules.

Oona poussa un grognement de mauvaise humeur.

Cinq minutes plus tard, elles arrivèrent à destination. Esther ne comprenait guère en quoi cet entrelacs de tuyaux se distinguait des précédents, mais déjà Oona versait le contenu du cartable sur le sol. Elle lança quelque chose à son équipière.

« Tiens-moi ça », dit-elle en serrant un tournevis entre ses dents.

Esther, fascinée, fit tout ce qu'Oona lui demandait. Celle-ci dévida du fil électrique tout le long du tuyau. Et soudain, elle ordonna :

« Cours !

— Quoi ?

— Grouille-toi !

— Mais toi ?

— T'inquiète. Je cours plus vite que les petites nunuches comme toi, ma jolie. »

Esther se retourna, pleine d'indécision. D'abord elle s'en alla mollement. Puis le désir de relever le défi s'empara d'elle et elle se mit à courir comme elle n'avait jamais couru.

Ses pieds résonnaient sur le sol métallique et l'oxygène affluait dans son cœur, déclenchant une ivresse de joie.

Quelque part derrière elle éclata un bruit lointain, comme un feu d'artifice.

Et une voix, lointaine elle aussi, cria :

« Vite ! Vite ! »

Mais Esther se fatiguait. Lorsque la vague d'eau écumante vint lui lécher les pieds, elle faillit s'arrêter net.

« Cours ! » ordonna la voix rauque derrière elle.

Mais il était devenu impossible de courir. L'eau arrivait déjà au genou, et ne cessait de monter. Elle atteignit bientôt la taille.

Esther tomba en avant et se mit à patauger dans l'eau froide, noire et mousseuse. Mais une main ferme l'attrapa par le col et la poussa devant la base d'une échelle.

« Grimpe ! » hurla Oona.

Esther toussait. Elle avait bu la tasse. Elle se mit à

monter lentement, suivie de près par son amie. Plus elles grimpaient, plus le bruit de l'eau en dessous d'elles était effrayant.

En haut de l'échelle il y avait une porte, comme le couvercle d'un trou d'homme. Après être passée, Oona le referma et le verrouilla. Puis elle demanda :

« Ça va ? »

Esther acquiesça. Elle était en train d'essorer ses chandails.

Un sourire se dessina sur le visage de Oona.

« C'est maintenant qu'on va s'amuser, dit-elle.

— Comment ça ?

— Tu vas voir. Suis-moi !

— Mais je suis fatiguée, et il faut que je me sèche.

— Allez, arrête de pleurnicher et de faire ta mijaurée. »

Et elles se remirent à grimper et à ramper dans les tuyaux.

« Mais où est-ce qu'on va, Oona ? geignait Esther qui tremblait de froid et de fatigue.

— Chut ! On est juste au-dessus de la chambre des Dunn. »

La main sur la bouche, Oona étouffa un éclat de rire.

« On peut les espionner ? supplia Esther.

— Couche-toi par terre. Tu vas sentir de petits disques sous tes doigts. Ce sont les couvercles des trous de guet. Soulève-les et regarde. »

Le sol, qui était l'envers du plafond des Dunn, était en bois, sillonné de chevrons. Les deux filles se glissèrent entre les chevrons.

Il y avait beaucoup de poussière. Esther fut la première à trouver un trou et elle nargua Oona en riant jusqu'à ce que celle-ci eût trouvé aussi. Bientôt, les deux amies se régalèrent ensemble du même spectacle.

Le lit des Dunn se trouvait juste en dessous d'elles. Il était immense, avec un poteau à chaque angle. Couché sur le dos, Dunn ronflait, sa bouche s'ouvrant et se fermant alternativement.

Aphide était assise sur le lit, un châle noué autour des épaules, tout à fait réveillée, amère et venimeuse. Sur la table de nuit, la flamme d'une veilleuse vacillait.

Elle entendit sans doute les rires des deux petites filles car elle laissa échapper dans un murmure : « Psss... Ces rats ! » Puis, d'un ton décidé, à haute voix :

« Ah ! Ces rats ! »

Son coude plongea dans la joue de Dunn comme un piquet de mineur dans une veine de charbon.

« Quoi ? Que... Qu'est-ce qu'il y a, ma chérie ?

— Les rats ! Cette vermine d'égout ! Encore eux. Regarde-moi, monsieur Dunn. Je suis toute ravagée. Ma main tremble. Ils me hantent. Ils me provoquent. Écoute-les !

— Tu as le sommeil bien léger, ma chérie », fit Dunn en bâillant.

Il allait se retourner pour continuer son somme quand un cri perçant s'éleva de l'autre côté de la porte.

« Qu'est-ce que c'est que ça ? marmonna-t-il dans son oreiller.

— Pettigant ! s'écria Aphide. Que signifie... »

Comme pour répondre à sa question, la porte se fracassa et Mlle Pettigant entra, portée par une énorme vague d'eau sale. Les cheveux entortillés dans ses bigoudis, un masque de boue sur la figure, elle atterrit en vol plané sur le lit.

Dunn s'imagina sans doute qu'un sauvage dément se jetait sur lui pour l'égorger : il poussa un rugissement sourd auquel Aphide répondit par un hurlement strident.

Mlle Pettigant, secouée de sanglots, était jetée sur eux comme une peau de tigre. En un clin d'œil l'eau monta jusqu'au lit. Des brosses et des pantoufles flottaient comme de petits bateaux. Les meubles, oubliant gaiement la pesanteur, glissaient et s'entrechoquaient.

Aphide se dressa d'un bond, les poings serrés, le visage tordu par la rage, et hurla :

« Je vais devenir folle ! »

11

UN VISITEUR DE MARQUE

Trois jours étaient passés. Désormais, il n'y avait plus d'eau et toujours pas de chauffage. Il fallait ramasser de la neige et la faire fondre, mais parfois il faisait si froid dans la maison que la neige restait gelée.

Aphide avait donné l'ordre de brûler tous les vieux meubles. Elle passait de pièce en pièce, vouant aux flammes chaises et tables. Elle était d'une humeur si massacrante que, lorsque Carl eut besoin de se faire couper les cheveux, Esther décida d'officier elle-même plutôt que d'aller titiller Mme Dunn à ce sujet.

Ils s'installèrent dans la salle de classe. Zachary débita le bureau de Mlle Givre pour faire une flambée, et Esther alla chercher un drap pour le nouer autour du cou de Carl. Mais celui-ci refusait de se laisser faire.

« Arrête de faire le bébé, Carl.

— Tu ne vas pas me ridiculiser, hein, Esther ? Tu me le jures ? Je me tuerai si tu me fais une tête de bagnard et que les gens se moquent de moi.

— Personne ne se moquera de toi ! coupa Esther d'un ton fâché. Tu seras exactement comme maintenant, mais avec les cheveux un peu plus courts. Je suis sûre que personne ne s'en rendra compte. »

Elle finit par l'attirer sur le tabouret et lui enroula vite le drap autour du corps avant qu'il n'ait changé d'avis. Souriant, Frankie tenait le miroir où se réfléchissait le visage boudeur de Carl.

Malgré son assurance apparente, Esther n'en menait pas large. Elle commença par peigner doucement les beaux cheveux lisses et épais de Carl. Pendant un bon moment, elle se plut à l'étriller ainsi, peignant dans un sens, puis dans l'autre, et ramenant enfin tous les cheveux vers l'avant, sur les yeux. Puis elle prit les ciseaux.

« Ne bouge pas, Carl. Ne te mets pas à gigoter, ou je te coupe une oreille. Mais non, idiot, c'était pour rire ! Allez, reste tranquille, que je ne te fasse pas une frange en escalier. »

Elle n'entendit pas la porte s'ouvrir. Une voix glaciale s'éleva.

« Puis-je savoir ce qui se passe ici ? »

Dans le miroir, Esther découvrit Mme Dunn.

Avec un sourire de mauvais augure elle s'avança dans la pièce et, les yeux fixés sur le crâne de Carl, se mit à tourner autour de lui avec une lenteur délibérée.

« Eh bien ? Qui me dira quel méfait vous avez encore inventé ? demanda-t-elle. Je vous signale que le silence est une forme d'insolence.

— Il ne s'agit pas d'insolence, madame Dunn, dit Esther. C'est le coiffeur. Je veux dire... Carl avait les cheveux beaucoup trop longs, alors j'ai décidé de les lui couper.

— Ah, vraiment, ma petite ? Comme ça, on prend des initiatives ? »

Elle tendit la main.

« Donne-moi ces ciseaux. On ne joue pas avec des objets tranchants : ça coupe. »

Les ciseaux à la main, Aphide observa une pause, le visage tordu par son affreux sourire. Lentement elle s'avança vers Carl et se mit à lui tailler la frange avec un plaisir pervers. Soudain, elle s'interrompit, la main sur le cœur.

« Horreur ! J'ai vu quelque chose bouger. Il y a quelque chose dans les cheveux de cet enfant. Mais oui, c'est clair, il est couvert de poux ! Je les ai vus de mes propres yeux !

— Je ne crois pas... » commença Esther.

Mais Aphide la repoussa violemment sur le côté.

« Donne-moi ce peigne, ma petite. Vous n'êtes que des dégoûtants. À force de vivre comme des animaux, vous ne valez pas mieux qu'eux ! »

Et tout en parlant, elle se mit à tondre Carl avec une brutalité croissante. Voyant ses cheveux tomber en mèches épaisses sur le sol, il poussa un gémissement.

« Esther ! »

Mais Aphide lui repoussait la tête d'un côté à l'autre et ses ciseaux claquèrent jusqu'à ce qu'il n'ait plus rien sur le crâne.

« Voilà ! s'exclama-t-elle en admirant le résultat. Il faut combattre la saleté où qu'elle se trouve. »

Et elle sortit de la pièce, triomphante, alors que Carl fondait en larmes. Zachary et Esther se précipitèrent pour le consoler, mais en vain. Même Frankie semblait prêt à pleurer, mais il tenait toujours le miroir qui avait saisi cette scène déplorable.

« Pleure pas, dit Zachary.

— C'est une sale mégère », ajouta Esther.

Secoué de sanglots, Carl leva les yeux pour regarder son visage rouge, bouffi de larmes, et son crâne rasé.

« Elle m'a s-scalpé. Cette s-sale g-grosse crotte molle ! Elle m'a s-scalpé...

— Ça repoussera », fit Zachary.

À nouveau Carl baissa la tête, les épaules secouées de spasmes. Ils pensèrent qu'il pleurait. Mais au bout d'un moment, ils s'aperçurent qu'il était en train de rire à travers ses larmes.

« Elle t'a scalpé ! » cria Zachary.

Et Esther se mit à rire elle aussi.

« Au fait, reprit Zachary, en débitant le bureau de Mlle Givre, j'ai trouvé du maquillage. Attends un peu, Carl. »

Il courut au bout de la pièce et rapporta un petit sac. Puis, essuyant les larmes de Carl d'un revers de main, il se mit à lui peindre des bandes au rouge à lèvres sur les joues et le front.

« Peintures de guerre, dit-il. Tiens, Esther, mets-m'en aussi. Nous serons des Indiens. Nous porterons nos peintures de guerre, puisque personne ne fait attention à nous. En ce jour, nous déclarons la guerre à Mme Aphide Dunn, reine des Visages Pâles. Nous sommes les derniers Mohicans et cette femme est notre ennemie jurée !

— Ouais ! Mort aux adultes ! hurla Carl en agitant le drap autour de lui comme une cape. On va les scalper et les bouffer ! »

Zachary appliqua les peintures de guerre à Esther et à Frankie, qui n'en demandait pas tant. Puis ils improvisèrent une danse de guerre sauvage dans toute la salle de classe, poussant des ululements et brandissant des morceaux de bois enflammés. Carl écrivit des grossièretés sur le tableau noir et ils invoquèrent le dieu-loup pour qu'il les aide à venger leur tribu.

Mais soudain Zachary abandonna le jeu et courut à la fenêtre avec une telle précipitation que les autres s'arrêtèrent pour le regarder.

« Qu'est-ce qu'il y a ? demanda Carl en sortant la tête de son drap.

— Je viens de voir Lenoir sortir de la forêt. Il n'est pas seul. »

Peut-être n'était-ce qu'un effet de leur imagination, mais au moment même, quelque chose changea dans la maison. Zachary dit que c'était l'aura du Mal. Esther lui intima de la boucler : il lui faisait peur, et d'ailleurs elle ne savait pas ce que voulait dire « aura ».

De temps en temps, on entendait des bruits de pas dans le couloir. La nouvelle se répandait parmi les domestiques. Esther se demanda si les Rats étaient déjà au courant.

Soudain Carl dit : « J'ai envie de vomir. »

Pendant le reste de la journée, les enfants traînèrent dans leur salle de classe, faisant tristement flamber leurs livres d'images et leurs atlas. Ils se comportaient comme en état de siège. Au moindre bruit de pas, le murmure de leur conversation s'arrêtait. Ils croyaient même entendre des bruits derrière les murs.

Les plus jeunes s'étaient spontanément tournés vers Zachary comme vers un chef. Sans vote, sans un mot, il avait été investi de cette fonction depuis qu'il s'était fiché deux plumes d'oie dans les cheveux.

Et puis il avait le livre. Le livre sur les Indiens, qui était subitement devenu leur manuel de survie.

Assis sur le tabouret de Mlle Givre, les trois autres accroupis autour de lui, il déclara :

« Il faut apprendre à nous protéger », montrant une page où étaient dessinés des tomahawks.

Les trois autres approuvèrent vigoureusement.

« Moi, je mettrai mon canif sous l'oreiller avant de me coucher, dit Carl.

— Mais cela ne servira à rien contre Moïse Mummery, répondit sombrement Zachary en refermant le livre. C'est un vampire. Il nous faudrait plutôt de l'ail.

— Et où est-ce qu'on peut trouver de l'ail ? demanda Esther. Tu sais que le maître en avait horreur. Tu te rappelles le jour où il en a senti dans l'haleine d'un valet de pied ? »

Zachary repoussa ses lunettes sur le nez, d'un geste qui ne faisait pas très « chef indien ». Jetant un coup d'œil à la salle, il s'aperçut soudain qu'elle était presque vide.

« Si on n'avait pas brûlé les règles, dit Carl, on aurait pu fabriquer des croix.

— Mais il est aveugle, objecta Zachary.

— De toute façon, on les a brûlées, les règles, dit Esther. On les a brûlées parce qu'on a toujours eu horreur de la mesure. »

Par terre, chassée du bureau de Mlle Givre, gisait une pendule de porcelaine, ornée d'une petite statuette qui portait des livres sous son bras et se penchait en avant, comme pour courir. De l'autre côté du cadran se trouvait une autre figurine, plus grande, avec une canne à la main. Dessous, on pouvait lire cette inscription.

UN ENFANT PONCTUEL EST UN ENFANT VERTUEUX.

« Ça va être l'heure de dîner, dit Zachary. Je suppose que nous allons le rencontrer. »

D'ordinaire, les enfants considéraient l'heure du dîner avec des sentiments mélangés. La salle à manger était chaude et bien éclairée. À la sortie d'un couloir éclairé miteusement par des lampes à manchon, les doubles portes s'ouvraient sur la grande pièce illuminée aux chandelles où flambait un bon feu, l'argenterie et le cristal étincelant, comme il se doit, à la lumière des flammes.

Si seulement ils avaient pu être seuls à goûter ces plaisirs ! Mais il leur fallait souffrir la compagnie de Mme Dunn, le pépiement nerveux de Mlle Pettigant et M. Dunn qui, ces derniers temps, était devenu sombre et morose. Lenoir, onctueux et graisseux, servait à table, caché sous son sourire hypocrite comme un voleur sous son masque. Mais les enfants toléraient tout cela pour le luxe de leur seul repas chaud de la journée.

Ce soir-là, cependant, ils auraient préféré se coucher sans rien manger. C'est en traînant des pieds qu'ils parcoururent les couloirs, sous l'œil réprobateur des nombreux portraits. Puis les portes s'ouvrirent, et les convives levèrent la tête.

« Vous êtes en retard ! s'écria Aphide. Petits mal élevés ! Ne ferez-vous jamais aucun effort pour vos aînés ? Ne voyez-vous pas que nous avons ce soir un invité ? »

Pour voir, ils voyaient. Ils voyaient trop bien, même...

Ils demeurèrent immobiles à le regarder. Paralysés. Incapables de faire un geste.

« Alors ? coupa Aphide. Vous n'allez pas rester plantés là toute la soirée. Asseyez-vous ! »

Là-dessus, Carl se mit à pleurer.

« Qu'est-ce qu'il a ? demanda Mme Dunn.

— Il est un peu souffrant aujourd'hui », répondit Esther avec soumission.

Dunn releva la tête, comme quelqu'un qui se réveille brusquement.

« Souffrant ? Mais, monsieur Carl, venez vous asseoir près de moi. Je vais m'occup...

— Cesse de traiter cet enfant comme un nourrisson, monsieur Dunn. Ils sont trop gâtés, tous. C'est leur problème. Complètement pourris. »

Dunn retourna à son état de stupeur habituel. Que pouvait-il faire d'autre ?

Les enfants, eux, se rendirent à leur place, sans quitter des yeux Moïse Mummery.

Il leur souriait, d'un petit sourire de reptile.

Curieusement, à la différence de beaucoup d'aveugles, il avait toujours la tête tournée vers l'endroit où il était censé regarder. Si quelqu'un parlait, il inclinait la tête vers lui avec une expression d'intérêt poli sur le visage.

Il était difficile de lui donner un âge, peut-être soixante-dix ans, d'après les taches de vieillesse sur son front. Ses cheveux, très fins, étaient plaqués en arrière, révélant la peau rose du crâne. Son petit visage fripé faisait penser à celui d'un oiseau ; il n'était pas déplaisant en soi mais dégageait une impression de malaise. Ses mains étaient extraordinairement longues et toujours élégantes. Il était vêtu de noir, à part une écharpe qui lui barrait la poitrine : couleur rouge sang.

« Monsieur Mummery, dit brusquement Aphide, vous ne mangez pas ? »

Mummery sourit, révélant de petites dents pointues.

« Je vous en prie, madame Dunn, ayez la bonté de bien vouloir me pardonner. J'ai un tout petit appétit. Je mange comme un moineau : quelques miettes que je picore. »

Au son de sa voix, les enfants levèrent la tête, et cessèrent de manger. C'était un murmure rauque, affreux...

Esther remarqua que Mlle Pettigant tremblait de tous ses membres. La cascade de fausses perles et de dentelles qui la couvrait de la tête aux chevilles s'agitait comme un feuillage. Elle ne cessait de se tapoter la bouche.

Mummery tourna vers Aphide ses yeux brillants qui ne voyaient rien.

« Tant de belles choses nous entourent, dit-il dans un grognement feutré. Croyez-moi, j'ai vécu comme vous jadis. Mais la chance a tourné. Et je dois désormais m'en remettre à l'hospitalité d'inconnus charitables comme vous, ce qui ne m'est pas désagréable. »

Il sirota son vin rouge, le gardant en bouche pour en exalter le goût. Ses lèvres se maculèrent de taches rouges. Lorsqu'il reposa son verre, il avait l'air d'avoir du sang autour de la bouche. Puis il caressa les verres en cristal et laissa courir ses doigts sur le rebord des assiettes, sans la moindre maladresse.

« Ravissant », dit-il doucement, presque dans un sanglot.

Esther ne put s'empêcher de gaffer :

« Mais comment pouvez-vous savoir, puisque vous êtes aveu...

— Aveugle ! ronronna-t-il en souriant. C'est Esther qui parle, n'est-ce pas ? Eh bien, chère Esther, je vois avec mes doigts. Pour moi, une feuille d'or est aussi épaisse qu'une couverture. »

Aphide était furieuse.

« Comment oses-tu parler impoliment à notre invité, petite malapprise ? Pettigant ! Notez immédiatement son nom, et retranchez une pomme de terre de son prochain repas. »

La pauvre Mlle Pettigant tremblait tellement que tout ce qu'elle parvint à écrire fut une ligne de gribouillis.

Après dîner, on eut droit à une surprise. Aphide l'annonça de son air crispé, et Lenoir débarrassa la table avec cette efficacité silencieuse qui était sa spécialité. Puis il conduisit la compagnie vers les divans écarlates et pressa les autres domestiques d'aménager la salle. On installa les sièges de la salle à manger en rangées, avec à l'arrière une petite table sur laquelle trônait une lanterne magique.

Tel un somnambule, Moïse Mummery s'avança, les bras tendus, jusqu'à toucher la vieille machine, et caressa amoureusement le métal.

« Mesdames et Messieurs, prenez place ! Et vous aussi, les enfants », dit-il dans un murmure enroué.

Il s'éclaircit plusieurs fois la gorge, émit des bruits divers, et ajouta :

« Quelqu'un peut-il avoir la bonté d'éteindre les lumières ? »

Lenoir s'empressa obséquieusement d'obtempérer. Obscurité complète. Esther entendait le vieil homme respirer.

Un rayon de lumière poussiéreux tomba sur l'écran. Le métal glissa en grinçant contre le métal, et la première image apparut. Dans des tons de bruns et de jaune passé, on voyait un groupe de gens, plusieurs femmes en robes longues et un seul

monsieur, d'aspect sévère, qui regardait fixement l'assistance comme alors l'objectif du photographe. Il rappelait vaguement quelqu'un à Esther.

Puis la petite fille remarqua qu'une des dames portait un paquet emmitouflé dans des dentelles. C'était un bébé. C'était en fait Mummery en personne : Mummery enfant, entouré de ses parents, très fiers, et de ses tantes au regard énamouré. Esther sentit un frisson glacé la saisir. Autrefois, cet affreux vieillard avait été un petit enfant. Cette idée la mettait au désespoir.

Une série de vieilles photos suivit celle-ci. L'Inde : éléphants, thé avec le maharajah, serviteurs enturbannés, chasse au tigre et vautours autour d'une pièce d'eau.

D'un ton hésitant, Mummery s'employait à commenter chaque image. Il y avait quelque chose de mélancolique et de triste dans sa voix, alors même qu'il ne pouvait rien voir.

D'ailleurs Dunn, abruti par l'excès de boisson, était avachi dans son fauteuil et ronflait bruyamment. Mlle Pettigant s'était éclipsée dès l'extinction des lampes ; Aphide tricotait avec fureur sans prêter la moindre attention à ce qui se passait sur l'écran.

Seuls les enfants regardaient. Ils regardaient avec horreur, avec fascination, car ils connaissaient la destinée de ce petit garçon joufflu au regard sérieux, photographié avec son cheval à bascule et sa nounou indienne.

Puis, comme dans un cauchemar, une grande ombre implacable s'abattit sur eux. Frankie poussa un cri d'effroi.

Ils s'aperçurent tout de suite après que Moïse Mummery s'était involontairement interposé entre la lanterne et le mur.

« Désolé, chuinta-t-il. Vraiment désolé. »

12

UN PARFUM DE VIOLETTE

C'est ainsi que Moïse Mummery devint un membre à part entière de la maisonnée. Aphide lui alloua un débarras, à côté de la bibliothèque, où un feu brûlait en permanence. Car, comme elle le disait, les vieux meurent de froid, et elle ne voulait pas avoir à s'occuper du cadavre de Mummery, ni payer les frais de son enterrement, avant qu'il ait fait son travail et débarrassé le manoir de cette vermine.

À cette fin, elle avait fait communiquer à Mummery tous les plans des canalisations. Il les étudiait à la lueur d'une unique chandelle.

La porte de son repaire était vitrée, comme celle de la bibliothèque. Ainsi les enfants pouvaient l'épier. Avant son arrivée, ils aimaient à jouer dans la bibliothèque : se faire des cabanes et des postes de guet entre les livres imposants et rares amassés par le maître, grimper comme des alpinistes aux étagères d'acajou sculpté... mais maintenant, tout cela était fini.

Désormais ils murmuraient entre eux dans le corridor sombre, et si Frankie s'énervait ou, par inadvertance, laissait échapper un cri, Carl lui mettait aussitôt la main devant la bouche.

Zachary avait l'air préoccupé.

« Mais comment arrive-t-il à lire? Je ne comprends pas comment il fait. »

Carl, comme hypnotisé, fixait à travers les épaisseurs du verre la lueur de l'unique chandelle.

« Il ne lit pas. Il devine avec ses doigts.

— Ses doigts ?

— C'est ce qu'il a dit à Mme Dunn. Qu'il sent la différence entre l'encre et le papier, et aussi les grattements de la plume. »

Esther ramena autour d'elle en frissonnant les pans de la couverture qui la faisait ressembler à une squaw.

« On sent son odeur dans toute cette partie de la maison », dit-elle avec dégoût.

Les autres acquiescèrent. Ce n'était pas une odeur désagréable. Un parfum de violette un peu moisi, agréable mais légèrement corrompu. Il en exhalait une bouffée chaque fois qu'il ouvrait la bouche.

Mais en plein hiver, cette odeur n'était pas naturelle. Esther frissonna de nouveau. « L'aura du Mal. » Cette phrase la hantait depuis qu'elle l'avait entendue. Elle ne savait toujours pas ce que cela signifiait, mais cela avait sûrement à voir avec ce parfum de violette.

Mummery ne cessait de se lever pour aller dans la bibliothèque, choisissait un livre en effleurant le dos des volumes du bout des doigts, et le rapportait dans sa chambre. Mais soudain il s'éloigna des rayonnages pour s'approcher à toute vitesse de la porte donnant sur le couloir.

« Il sort ! murmura Esther. On s'en va, vite, je vous en prie.

— Chut ! On n'a pas le temps. Colle-toi contre le mur. Il est aveugle. Il passera devant nous sans nous voir. »

Ils se collèrent tous contre le mur au moment où la porte s'ouvrait. Le parfum de violette s'intensifia. Dans le couloir, Mummery se fouilla et sortit un énorme trousseau de clés. Comme il tâtonnait pour trouver la serrure, il renifla quelque chose dans l'air, ferma brusquement la porte et, fourrant les clés dans sa poche, se retourna en criant :

« Qui est là ? »

Esther entendait son cœur battre dans sa poitrine.

« J'ai dit : qui est là ? Parlez, ou vous le regretterez.

— Non, s'il vous plaît...

— C'est vous, les enfants ? »

L'expression furieuse disparut de son visage. Il tendit les bras, comme pour les enlacer.

« Les enfants. N'ayez pas peur ! Excusez-moi, je vous en prie, si je vous ai fait peur. Je vis dans le noir, voyez-vous, et la moindre chose me fait réagir. Avancez ! N'ayez pas peur ! Je suis votre ami. »

Ils firent un pas, en traînant la semelle. Les mains de Mummery effleurèrent la joue de Carl.

« Ah ! La peau est douce. C'est toi, Esther ?

— Non. Carl.

— Ah, Carl ! Et ce jeune homme, là, doit être Zachary. »

La main de Mummery s'enroula autour du cou de Zachary, descendit jusqu'à son épaule et suivit son bras.

« Tu feras un excellent soldat, dit Mummery en riant.

— Je veux pas être soldat », marmotta Zachary.

Mais le vieil homme ne l'écoutait plus. Il avait trouvé Esther et lui caressait les cheveux, d'un geste qui lui rappelait l'autre vieux monsieur aveugle, Man O'Dea. Lui, elle voulait bien qu'il la touche. Mais celui-ci... Raide et tendue, elle subissait l'assaut du lourd parfum de violette.

Puis quelque chose de bizarre se passa. Mummery effleura Frankie. Une expression de douleur et d'effroi passa sur le visage du vieil homme, et il sauta en arrière, comme s'il s'était ébouillanté. Frankie, aussi étonné que les autres, lui souriait innocemment.

« Je... Il faut que je parte, dit Mummery. Mais revenez me voir. J'attendrai votre visite avec plaisir. Allons, au revoir. Au revoir. »

Il s'éloigna rapidement et Zachary déclara :

« Nous allons suivre ce Visage Pâle pour savoir où il va. »

Il n'était pas difficile de filer Mummery, même de loin. Non seulement parce qu'il était lent (et aveugle, bien entendu), mais surtout grâce à l'odeur de violette qui laissait une trace distinctive derrière lui. Il entra dans une des pièces interdites du manoir. Les enfants se précipitèrent pour l'épier par le trou de la serrure.

C'était une de ces vieilles serrures en cuivre sculpté où on pouvait regarder à deux. De l'autre côté de la porte s'ouvrait la serre aux orchidées. Le froid avait flétri la plupart des fleurs qui pendaient, brunâtres et desséchées. Les seules qui survivaient encore, charnues et rebondies, étaient en petits épis serrés. Entre ces jeunes pousses et la rangée de fleurs mortes ou mourantes, une silhouette sombre faisait les cent pas : c'était Lenoir.

Tout en marchant, il déchiquetait nerveusement une fleur qu'il tenait entre ses doigts. L'odeur de violette moisie lui indiqua qu'il avait un visiteur. Il s'arrêta.

« Lenoir ? souffla Mummery de sa voix rauque. Tu es là, mon petit gars ?

— Ouais. Et je ne suis pas un petit gars. »

Le vieil homme eut un petit rire indulgent.

« Comme tu voudras. Mais il n'y a pas si longtemps que tu as du poil au menton... »

D'un geste nerveux, Lenoir caressa le duvet qui couvrait sa lèvre supérieure, et qu'il n'osait pas raser.

« Oui, poursuivit Mummery, il y a un grand écart d'âge entre nous. »

Lenoir arracha les derniers pétales de la fleur et la jeta à terre.

« Écoutez-moi bien. La seule différence entre nous, c'est notre passé. Votre histoire à vous, monsieur Mummery, elle n'est pas jolie-jolie. C'est ce que je me suis laissé dire, en tout cas. »

Mummery accusa le coup. Dans un murmure, il rétorqua :

« Tu ne crois pas que, si je pouvais revenir sur mon passé, je le ferais tout de suite ? N'aie pas tant hâte à te mesurer au mal, Lenoir. On n'en revient jamais. C'est une maladie qui s'empare de vous et qui vous dévore de l'intérieur. »

Lenoir toussota. Le vieil homme prit une expression de compassion sincère.

« Tu as pris froid ? En tout cas, pense bien à ce que je viens de te dire.

— C'est rien, je tousse juste un peu. Vous vous

rappelez que je suis allé vous chercher dans le froid, non ? »

Mummery poussa un profond soupir et s'adossa contre la plate-bande, parmi les fleurs mortes.

« Dis-moi pourquoi tu m'as fait demander.

— J'ai besoin de votre aide, commença Lenoir. Il y a des choses que je guigne ici. Le manoir, la terre. C'est pas trop demander, hein, monsieur Mummery ? »

Tout en parlant, il marchait de long en large comme ce loup que les forestiers avaient capturé naguère pour le montrer aux enfants.

« Il y en a, là-dedans, poursuivit-il en désignant son crâne. Je suis jeune et pas bête, j'aurai ce que je veux. Je veux qu'on me respecte, qu'on m'appelle Monsieur Lenoir. Qu'on me dise “vous”. Je veux le pouvoir. Est-ce que ce n'est pas ce dont tout le monde rêve, monsieur Mummery ? Le pouvoir. Et je vais même vous dire aut'chose. J'en ai marre de servir à table pour ce crétin de Dunn et ces sales gamins.

— Et qu'est-ce que je peux faire pour toi ?

— J'ai un problème avec la bonne femme, Mme Dunn.

— Ah ! Notre charmante hôtesse...

— Charmante ? Pas besoin d'y voir clair pour la percer à jour, celle-là. Charmante ? Et puis quoi, encore ! Je la hais, monsieur Mummery. Elle s'imagine qu'elle va me mettre dans sa poche en m'embobinant comme son cinglé de mari. Mais non. Je mange pas de ce pain-là. Moi, je travaille pour mon compte. Si elle s'imagine qu'elle va me mettre au pas... J'aimerais mieux l'égorger, oui !

— Mais qu'est-ce que je peux faire ?

— La distraire. Qu'elle ne s'occupe pas de moi. Et puis me raconter ce qu'elle manigance. Je serais pas étonné qu'elle fabrique un faux testament du maître, en sa faveur.

— Quelle serait ma récompense ?

— Eh bien voilà, fit Lenoir en s'arrêtant soudain de déambuler. Je serai votre apprenti, monsieur Mummery. Et je suis capable de me surpasser.

— Qu'est-ce que c'est que cette histoire à dormir debout ? ricana Mummery. Tu parles comme si je t'avais proposé quelque chose. Et apprenti en quoi, s'il te plaît ?

— Au service du mal, évidemment », répondit Lenoir en souriant.

13

RUMEURS

En allant dîner, les enfants rencontrèrent Léa, la servante française, plantée en bas de l'escalier entre ses valises usées et ses cartons à chapeaux. Le petit mouchoir de dentelle qu'elle passait sur son visage semblait assez peu adapté pour sécher ses larmes. Elle embrassa les enfants un par un.

« Ah, ces petits visages adorables ! Si mignons. Si confiants. Mais qu'est-ce vous avez sur les joues ?

— Du rouge à l..., commença Carl.

— Des peintures de guerre, coupa Zachary.

— Nous sommes les derniers pélicans.

— Mohicans !

— On est sur le sentier de la guerre, expliqua Carl. Tous unis contre la grande reine des visages pâles, et le Boutonneux, et la dénommée Pettigant.

Et peut-être aussi M. Dunn. On l'aime bien, mais il boit trop d'eau-de-feu ces derniers temps. »

Léa les serra dans ses bras.

« Vraiment, j'aimerais pouvoir vous emmener avec moi. Je rentre chez moi, à Clermont-Ferrand. J'ai écrit à ma mère, elle m'a préparé ma chambre donnant sur la mer[1]. Papa est gardien de phare. Je ne resterai pas une minute de plus sous le même toit que *Monsieur*[2] Mummery. Vraiment je ne peux pas. Dès que le traîneau à vapeur sera prêt, je partirai. »

Et sur ce elle les embrassa de nouveau. Puis, penchant la tête, elle murmura :

« Vous savez ce qu'on raconte ? La nuit, il exige qu'on lui apporte des créatures vivantes. Et on ne les retrouve plus jamais. Jamais ! Le lendemain, on ramasse leur pauvre petit corps tout desséché : il leur suce le sang jusqu'à la mort.

— Non ! s'exclamèrent les enfants d'une seule voix. Qui t'a dit ça ? »

Léa agita son mouchoir.

« Je n'ai pas le droit de le dire, fit-elle en reniflant. Mais écoutez-moi bien. Ne vous aventurez jamais seuls avec ce vieux bonhomme. Il est vraiment dangereux. Et quant à sa réputation, le Diable lui-même la lui envierait. »

---

1. Comme vous le verrez bientôt, il est probable que Léa n'a jamais mis les pieds à Clermont-Ferrand, sans quoi elle n'aurait pas commis cette grossière erreur. (*N.d.T.*).

2. En français dans le texte.

Ils la laissèrent, pleurant au milieu de ses bagages. Carl s'était mis à pleurer, lui aussi.

« Arrête de pleurer, espèce de gros bébé ! s'exclama Esther. Tu sais bien que Léa invente des histoires à dormir debout. Il y en a même qui disent qu'elle n'est pas Française.

— Je pleure pas, grommela-t-il. J'ai une poussière dans l'œil. »

Mais, en vérité, ils avaient tous du mal à retenir leurs larmes. L'effroi les avait gagnés. Même Frankie, qui ne comprenait rien, ressentait la même peur.

Puis les grandes portes s'ouvrirent, au bout du corridor mal éclairé, sur la magnificence des lustres scintillants : comme si rien de grave ne se tramait dans la maison. Les adultes bavardaient autour de la table, Lenoir s'inclinait à tout bout de champ. Mais désormais Esther le perçait à jour sous le masque.

« Il me hait, songea-t-elle. Il nous hait tous. »

Pendant le dîner, les enfants n'eurent d'yeux que pour Moïse Mummery. Ils voulaient le voir manger. Mais il n'avala pas une bouchée. Il sirotait son vin rouge sang ou demandait à Lenoir de lui apporter de l'eau tiède, car il en buvait constamment.

Mais il n'était pas le seul à manquer d'appétit. Dunn ne touchait presque pas à son assiette. Il avait beaucoup maigri et semblait mal en point. Ses vêtements pendaient sur son corps comme des hardes d'emprunt. De temps en temps, il parcourait la table du regard, comme s'il cherchait quelque chose à faire.

Une fois, il se leva pour aller chercher une nouvelle bouteille de vin, mais Aphide lui décocha le regard qu'elle réservait d'ordinaire aux enfants et déclara d'une voix ferme :

« Lenoir ! Allez chercher, je vous prie, une bouteille pour M. Dunn. »

Esther voulut le regarder, lui sourire, mais il était complètement absent. Un vrai fantôme.

Aphide se resservit de rôti et se tourna vers Mummery.

« Mlle Pettigant me demandait justement, monsieur Mummery, combien de temps cela vous prendrait pour débarrasser le manoir de ses rats.

— Vraiment, elle a demandé cela ? siffla Mummery.

— Moi ? Moi ? caqueta Pettigant.

— Mais oui, ma chère. Je m'en souviens très bien », fit Aphide en souriant de ses lèvres minces.

Il existait entre elle et Mummery un accord tacite pour jeter le plus souvent possible la confusion dans l'esprit de la pauvre Mlle Pettigant. De toute la maisonnée, c'est elle qui avait le plus peur du vieil homme : il suffisait de prononcer son nom devant elle pour qu'elle pique une crise de nerfs.

« Eh bien, mademoiselle Pettigant, ronronna Mummery, j'ai étudié les plans en détail et j'ai l'intention de descendre dans les égouts demain pour commencer à travailler. »

Un couteau tomba sur une assiette avec un bruit éclatant. Mummery pencha la tête, avec un sourire qui découvrait toutes ses petites dents pointues.

« Qui était-ce ?

— Un de ces empotés d'enfants, répondit Aphide en colère.

— Ah ! Cela me rappelle que je voulais vous demander quelque chose. M'autoriserez-vous à emmener les enfants pour me seconder demain ? Je n'ai pas grand-chose à leur demander, mais un aveugle a parfois besoin de l'aide des voyants.

— Allez-y, emmenez-les ! répondit Aphide la bouche pleine. Ils n'ont rien à faire d'autre que de traîner toute la journée à la maison. »

À ce moment-là, Esther réussit à accrocher le regard de Dunn. Il avait l'air d'un chien qu'on a battu pour le faire taire.

Après minuit. Sans bruit, une silhouette vêtue d'une cape s'avançait dans les corridors, une chandelle à la main. Elle s'arrêta devant la bibliothèque et tira une clé de sa poche. La porte s'ouvrit avec un déclic et l'individu masqué se glissa entre les rangées de livres. La porte du petit débarras était ouverte, un feu brûlait dans la cheminée. Mummery était assis à côté du foyer, la tête levée, ses yeux blancs d'aveugle brillant dans la pénombre.

« Voulez-vous prendre un siège ? » dit-il.

Le visiteur se débarrassa de son capuchon. C'était Aphide Dunn.

« Non.

— Alors ?

— J'ai apporté l'argent, comme promis, dit-elle en lui tendant un sac bien rempli. Voulez-vous vérifier ? »

Il secoua la tête

« L'argent n'a plus guère de valeur pour moi. Laissez cela près du lit. »

Le sac tomba avec un bruit sourd.

« Voulez-vous savoir comment je procéderai ?

— Non, répondit-elle fermement.

— Ce sera sans douleur. »

La lumière du feu éclaira le visage durci d'Aphide.

« Monsieur Mummery, dit-elle, des enfants meurent tous les jours. Je ne les connais pas et leur sort ne m'intéresse pas. C'est exactement ce que je ressens pour les quatre qui vivent sous ce toit. Tout ce que je vous demande, c'est que ça ait l'air d'un accident. »

Il hocha la tête, se pencha et tisonna les braises. Lorsqu'il se redressa, Aphide était partie. La clé tourna dans la serrure avec un bruit métallique.

Aussitôt, le visage de Mummery s'altéra. La douleur déforma ses traits, il serra les mains sur sa poitrine et, tombant à genoux, il s'écria :

« Pourquoi dois-je porter tout le mal sur mes épaules ? Pourquoi les autres n'ont-ils pas leur part de ce fardeau ? Pourquoi ? »

14

SUR LES TOITS

Le même soir, Esther, Zachary et Carl se réunirent pour un pow-wow. Ils avaient laissé dormir Frankie. Il n'aurait rien fait d'autre que s'énerver et tout gâcher. La réunion eut lieu dans le lit de Zachary. Ils avaient glissé un guéridon sous les couvertures, le pied en l'air, pour servir de poteau central à leur wigwam. Une veilleuse éclairait l'intérieur et les trois enfants étaient assis en tailleur pour discuter de ce qu'ils feraient le matin venu.

Devaient-ils s'enfuir ?

Se cacher ?

Demander de l'aide aux Rats ?

« Quoi qu'il arrive, dit Zachary, les guerriers indiens n'abandonnent jamais leurs compagnons. »

Les deux autres approuvèrent avec enthousiasme. Puis Carl laissa échapper un bâillement. Il était très tard.

Zachary repoussa ses lunettes sur son nez et ouvrit le livre. Il lut :

« Les vrais Indiens engagent leur fidélité à tout jamais, et ce lien éternel défie la mort elle-même. »

Carl et Esther le regardaient. La petite fille avait envie de rire, comme toujours quand Zachary était sérieux. Elle se mordit les lèvres et le laissa poursuivre :

« Si nous faisons le mélange des sangs, comme les Indiens, nous serons frères de sang, et par nos actes comme par notre sang nous ne serons plus qu'un. »

Carl et Esther élevèrent des objections violentes contre ce projet. Finalement, Carl consentit à se piquer le bout du doigt avec une épingle, mais Esther ne voulut rien entendre : il n'était pas question qu'elle se mélange le sang avec quiconque s'il fallait pour cela se couper ou se piquer.

Au bout du compte, ils trouvèrent un compromis. Zachary prit la petite cuiller qui traînait dans son bol de cacao, la lécha et la passa à Carl, qui la lécha à son tour avant de la passer à Esther. Celle-ci, avec une grimace, toucha la cuiller du bout de la langue, comme si elle était recouverte d'un poison mortel. Puis Zachary et Carl refirent un deuxième tour.

Les yeux fermés, Zachary se mit à chantonner :

« Par la bave nous voilà frères...

— Et sœurs, ajouta Esther.

— Et sœurs, répéta Zachary.

— Hé ! coupa Carl, j'ai une idée. Demain, au petit déjeuner, on donnera cette cuiller à Frankie. Comme ça il deviendra notre frère de bave, lui aussi, sans même le savoir. »

À cet instant, quelqu'un saisit la couverture au pied du lit et la tira avec force. Un courant d'air éteignit la veilleuse. La table vacilla, se renversa, et les trois enfants se débattirent dans les draps qui les enserraient en poussant des cris effrayés.

Était-ce Aphide ? Mummery ? Dunn ?

Un rire gras leur fournit la réponse : ce n'était aucun des trois.

Zachary émergea le premier du désordre et reconnut la silhouette d'Oona, les mains sur les hanches, qui se tordait de rire.

« Ce n'est pas drôle, dit-il.

— Ce n'était pas le but. Mais ce que vous aviez l'air cruche, dans votre tipi ! »

Des larmes de rire brillaient encore sur ses joues.

Zachary alluma une chandelle pendant que Carl racontait à Oona, avec force détails, les plans formés par Mummery pour investir le domaine des rats.

« Oona est déjà au courant, intervint Esther. Elle a entendu les Murmures.

— Pas vraiment », corrigea Oona.

Elle s'installa au coin du lit, les deux mains derrière la tête, et se renversa sur l'édredon avec délices, comme si le lit lui était un luxe inconnu.

« J'étais en mission pour les Rats, poursuivit-elle. Là-haut, dans les greniers. Une sacrée perte de temps, à mon avis. Mais enfin, ils ont décidé quelque chose.

— Qui ? s'enquit Carl en grimpant sur le lit à son tour.

— Les Rats. Ils tiennent des conférences secrètes... Un peu comme les vôtres, précisa-t-elle en riant. Et tous les Rats doivent s'y présenter.

— Mais pourquoi pas toi, alors ? demanda Zachary.

— Parce que je ne fais pas vraiment partie des Rats. Je suis une enfant trouvée. Man O'Dea m'a repêchée. »

Son visage s'assombrit l'espace d'un instant. Puis elle sauta sur ses pieds et s'écria :

« Je parie que vous n'avez jamais mis les pieds sur les toits du manoir. En ce moment, avec toute la neige entassée, ça vous a des airs de bout du monde. Ça vous dirait de venir voir ? »

Malgré leur fatigue, ils acceptèrent avec enthousiasme.

D'un seul bond, Oona fut auprès de la fenêtre et ouvrit le couvercle de la banquette. Les trois autres la suivirent, et Zachary referma le passage secret.

Esther avait cru pouvoir retrouver son chemin,

mais Oona prit une autre direction et se mit à grimper dans un tuyau d'aération qui s'élevait tout droit, avec des échelons fichés dans le métal.

Ils émergèrent dans la nuit et la neige, leurs éclats de rire se figeant en nuages de buée.

Tout de suite les garçons partirent à la découverte des lieux. Ils jouèrent à glisser le long des toits en pente, à grimper aux cheminées noires de suie qui émergeaient des tuiles comme de monstrueux sucres d'orge.

Carl se jucha sur les épaules de Zachary pour atteindre le cadran de la grande horloge, et poussa les aiguilles sur minuit. Aussitôt, les cloches se mirent en branle, sonnant trois coups dans la grande étendue déserte, les garçons s'aplatirent dans la neige, les mains sur les oreilles, leurs éclats de rires couverts par le vacarme de l'horloge.

« Hé, Esther, qu'est-ce que tu fais ? »

La petite fille leur sourit sans répondre. Elle était occupée à essuyer la neige des lions de pierre qui gardaient le parapet. Prisonniers sous leur couche de neige et glace, ils avaient ému son cœur tendre. Lorsqu'elle releva la tête, elle croisa le regard d'Oona qui lui souriait gentiment.

« Ce ne sont que des statues, tu sais. »

Les garçons avaient entamé une bruyante bataille de boules de neige. Mais le hurlement d'un loup s'éleva, lugubre et fantomatique, et ils s'arrêtèrent pour rejoindre Esther.

En bas, dans le jardin, la neige avait viré au gris. Des formes noires tournaient en rond, d'un mouvement obstiné, et d'autres bandes de loups sortaient sans arrêt de la forêt pour les rejoindre, par douzaines.

« Ils ont faim, les pauvres, dit Esther. L'hiver est rude.

— Mais qu'est-ce qu'ils font là ? demanda Zachary.

— Ils attendent », répondit Oona d'un air entendu.

Ils s'apprêtaient à la questionner, quand soudain, juste en dessous d'eux, un rai de lumière tomba sur les loups. Ils se dressèrent en grondant. Dans le rectangle lumineux d'une porte ouverte, un individu s'avança, tapi dans une position à peine humaine. Il portait une peau de loup dont la tête lui couvrait le crâne comme un chapeau.

C'était l'incarnation de cette image intitulée « Les guerriers partent en chasse », dans le livre de Zachary. La bande de loups accueillit le visiteur comme l'un des siens. Esther, qui ne parvenait pas à oublier le livre, sentit le monde vaciller autour d'elle.

« C'est Lenoir ! chuchota Zachary. Vous le reconnaissez ?

— Lenoir, le roi des loups ! » répéta Carl avec animation.

Lenoir s'avança d'une démarche étrange, comme

animale, et se mit à leur lancer de la nourriture. Aussitôt, les loups cessèrent de hurler pour se jeter sur la manne qui leur était offerte.

Ils grondaient, se disputaient les meilleurs morceaux et s'enfuyaient en traînant dans leur gueule des chapelets de saucisses. Dans leur frénésie, ils frôlaient le jeune homme, lui sautaient dessus comme d'énormes chiens, mais sans jamais l'attaquer.

Lorsque toute la nourriture fut épuisée, Lenoir recula lentement et les loups s'enfuirent en courant dans la neige. La porte se referma, laissant place à l'obscurité. Tout était terminé.

La voix aiguë de Carl s'éleva, brisant le silence.

« Ils ne l'ont pas bouffé ! Ils ont épargné l'affreux boutonneux !

— Je ne comprends pas, dit Esther. Qu'est-ce qu'il veut ?

— C'est simple, expliqua Oona. Il essaie de gagner leur confiance. Il ne parviendra pas à les apprivoiser, bien sûr, mais il peut les dresser jusqu'à un certain point.

— Pour quoi faire ?

— Quel est le meilleur moyen d'éliminer ses rivaux du manoir sinon de les livrer aux loups ?

— Tu es folle. Comment veux-tu qu'ils entrent dans la maison ? »

Oona éclata de rire.

« C'est aussi facile que de saboter les canalisations. Il suffit de laisser la porte ouverte. »

Brusquement, Esther se remémora le salon enneigé.

« Je veux rentrer me coucher, dit-elle. J'ai froid.

— Te coucher, maintenant ? ironisa Oona. Mais tu n'as encore rien vu. Venez, suivez-moi ! »

Elle prit la tête de la bande et s'engagea sur les toits d'ardoise, le long des gouttières de cuivre où pendaient des stalactites grandes comme des dents de dinosaures.

« C'est ici », dit-elle enfin.

Elle s'était arrêtée près d'une lucarne en forme de tente. Ils s'accroupirent et frottèrent la neige pour regarder à l'intérieur.

Ils reconnurent tout de suite la pièce.

« C'est notre ancienne nursery ! s'exclama Esther. Là où on allait du temps de Nounou Meekins.

— Et Dunn montait souvent pour nous faire des tours de magie, il fallait deviner dans quelle poche il cachait les bonbons », ajouta Carl.

De cet angle nouveau, ils regardèrent la pièce qui avait été autrefois la limite de leur monde. Les étagères pleines de jouets, les lits de camp pour la sieste, les petites tables avec leurs chaises. Et aussi, le vieux fauteuil en osier de Nounou Meekins où elle faisait un petit somme après avoir réclamé le silence aux enfants. Mais, peu à peu, cette pièce avait perdu de son importance. C'était une pièce pour les bébés. Et, les enfants ayant des centaines d'autres pièces à explorer, ils n'y étaient jamais revenus.

« Regardez ! s'écria soudain Carl. Vous voyez ce que je vois ? »

Ils avaient tous vu : Dunn était dans la nursery, mais il semblait l'ombre de lui-même. Oona, rayonnante, observait en douce le visage de ses amis pour deviner leurs sentiments.

L'ancien majordome marchait de long en large, enlevant et remettant son chapeau melon, s'essuyant le front, resserrant son nœud de cravate. Puis il prit des jouets sur une étagère et les serra dans ses bras.

Son humeur changea soudainement. Il courut à l'autre bout de la pièce, grimpa sur le cheval à bascule et se mit à se balancer. Il était ridicule, si grand sur ce jouet trop petit. Zachary et Carl ricanèrent et Oona sourit à Esther, mais celle-ci détourna la tête.

À mesure qu'il se balançait, le visage de Dunn prenait une expression sauvage. Des ombres valsaient le long des murs. On entendait le bois craquer. Hop là ! hop là !

Jusqu'au moment où il cessa de pousser et laissa le cheval revenir à l'immobilité. Pâle et droit sur la selle, il se prit la tête entre les mains et se berça doucement.

« Ça fait cinq nuits qu'il recommence, toujours pareil », dit Oona.

Esther n'y voyait plus clair. Ses larmes avaient fait fondre la neige sur la vitre.

15

DANS LA GUEULE DU LOUP

Lorsqu'ils regagnèrent leurs grands lits humides, le sentiment des enfants était que, le matin venu, rien ne pourrait plus leur arriver de mal. C'était comme un arrière-goût : les Rats les sauveraient, ou au moins les préviendraient du danger.

Mais, malgré cela, le doute les assaillait. Pourquoi les Rats n'avaient-ils pas agi jusque-là ? Quelle était la valeur des sourires d'Oona et de ses belles phrases ? Après tout, elle ne faisait pas vraiment partie des Rats. C'était une étrangère. Pouvait-elle vraiment parler en leur nom ?

En s'éveillant, dans la lueur grisâtre de l'aube, Esther avait perdu ce goût d'espoir. Un poids persistant lui écrasait la poitrine. Elle sauta du lit dans l'intention de se rendre chez les garçons : ils s'enfuiraient le jour même et...

Et rien du tout. Au même moment, la porte s'ouvrit et Mlle Pettigant entra, penchant la tête comme une girafe alors que son petit chignon se trouvait bien deux mètres plus bas que le linteau de la porte. Elle s'assombrit en découvrant l'expression effarée d'Esther.

« Ma... Mademoiselle Pettigant !

— Qu'est-ce qui t'arrive, ma petite ?

— Je... je ne m'attendais pas à vous voir, c'est tout. »

À ce moment, un changement notable s'opéra dans l'apparence de la demoiselle. Son visage devint un véritable champ de bataille.

Cela commença par la bouche. Les lèvres, plus raides que nature, se crispèrent imperceptiblement aux commissures, puis un tremblement envahit toute la longueur de la lèvre inférieure.

Ce fut ensuite au tour des yeux. Comme pour envoyer un message en morse, ils se mirent à cligner follement. Au moment où les larmes se mirent à couler, les narines se joignirent au mouvement général. S'arrondissant démesurément à l'expiration, elles se rétrécissaient pour n'être plus que des fentes lorsqu'elle reprenait son souffle.

Mlle Mélisande Pettigant était secouée de sanglots.

Esther courut vers elle, entoura de son bras les hanches maigres et la conduisit sur le lit pour qu'elle s'asseye.

« Ce... Ce que c'est bête, balbutia-t-elle en reniflant. Mais c'est que... c'est que... que Mme Dunn m'a envoyée vous chercher pour vous amener à cet atroce Mummery. Et il me... il me fait tellement peur ! »

Esther grimpa sur le lit et passa son bras autour des épaules tremblantes de Mlle Pettigant.

« Ce n'est pas difficile, lui murmura-t-elle à l'oreille. Ne nous emmenez pas ! Vous n'avez qu'à dire que vous avez oublié. Ou que vous ne nous avez pas trouvés.

— Ne sois pas idiote, ma petite », coupa Mlle Pettigant avec une fermeté soudaine.

Elle avait retrouvé son maintien et se levait du lit comme une assiette en porcelaine tournoyant sur un manche à balai.

« En ce moment, même Mme Dunn me fait peur. Quelle horrible maison ! Ce sale manoir infesté de rats. »

Dans la salle de classe, les cheveux de Carl gisaient toujours sur le sol. Ils jouèrent avec, du bout de la chaussure, en échangeant des regards sombres. Ils ne parlaient pas.

La crise de Mlle Pettigant n'était pas terminée. Esther remarqua qu'une mèche dépassait de son chignon impeccable, au sommet du crâne.

Elle ne cessait de tripoter le col de son chemisier. Mais, soudain, elle laissa échapper un hurlement aussi strident qu'imprévu.

« Regardez ! Regardez ce que vous m'avez fait faire », cria-t-elle d'un ton de reproche.

Quatre visages maussades se tournèrent vers elle pour découvrir, au bout de son doigt, une petite perle de sang. Elle s'était piquée avec sa broche.

« L'odeur du sang attirera le vampire, pleurnicha-t-elle. C'est un requin. Ah ! son affreux sourire de requin... »

Carl retroussa les babines et la regarda droit dans les yeux.

« Grrrrr », fit-il en imitant le feulement du tigre.

Mlle Pettigant l'attrapa par le col et le traîna jusqu'à la porte. Ses pieds touchaient à peine terre. Les trois autres suivirent ; Frankie faisant des mines effarées, comme pour s'entraîner à avoir l'air d'un ahuri.

Ils le virent tout de suite, assis au bout du long couloir. Le parfum entêtant des violettes s'était épaissi d'un coup. Mlle Pettigant chancela comme une gazelle blessée, puis reprit sa marche d'un air décidé.

Carl murmura à Esther :

« Regarde-le ! Il a un chat dans les bras, un des ratiers de la cuisine. Et il le caresse !

— Chut ! fit Esther sans changer de visage.

— Tu te souviens de ce que Léa nous a raconté ? Tu te rappelles, Esther ?

— Chut !

— Ces animaux qu'on retrouvait morts. Vidés de leur sang. Pressés comme des oranges.

— Oh non ! Carl ! Carl ! »

Mais déjà Carl s'était élancé en avant et, la main levée, s'abattait sur Mummery. Le chat effrayé répliqua par un coup de patte et détala, laissant une estafilade sanglante sur le poignet du petit garçon.

« Et voilà, monsieur Mummery ! s'écria Mlle Pettigant d'un air triomphant. Il y a du sang frais sur cet enfant ! »

Et sur ces mots libérateurs, elle détala à son tour au fond du couloir, ni plus ni moins gracieusement que le chat.

« Bonjour, bonjour, chuinta Mummery. Comment allez-vous ? Bien dormi ? Parfait, parfait... »

Il parlait tout seul, sans arrêt, sans attendre une réponse qui, de toute manière, ne serait pas venue. Il avait choisi d'ignorer l'incident du chat, comme s'il l'avait oublié sur-le-champ.

Les enfants ne pouvaient détacher leur regard de ses yeux, brillants mais extraordinairement calmes. Ils se sentaient devenir plus calmes eux aussi, comme hypnotisés. Par ailleurs, Mummery semblait la proie d'une grande tension nerveuse. Il parlait de sujets insignifiants, à toute vitesse et sans arrêt.

Soudain Zachary remarqua que le vieil homme portait un poignard au côté, dans une gaine de cuir. Il l'effleura du doigt et s'écria :

« Monsieur Mummery, nous devrions avoir une arme nous aussi, pour nous protéger ! »

Mummery rit silencieusement en découvrant ses petites dents pointues.

« Quoi ? Des enfants avec des armes ? Tu veux un couteau, toi ? Et puis quoi encore ? Les couteaux, ça coupe. Vous vous feriez mal. Et puis nous n'avons besoin que de ce poignard. N'ayez crainte, je sais m'en servir. Et maintenant, au travail. Voyez ? J'ai ouvert cette trappe ; il faut descendre. Dans le noir. Les dames d'abord, chère Esther. Les dames d'abord. Quoi, tu as peur ? Mais de quoi ? Du noir ? On s'y habitue. Je m'y suis très bien habitué depuis vingt ans. »

Usant de son pouvoir hypnotique, Mummery suivit les enfants sur l'échelle de métal. Il allait refermer la porte de fer lorsque Zachary s'écria :

« Non !

— Mon cher jeune soldat, siffla Mummery, il n'est pas possible de laisser passage à ces créatures répugnantes pour que, sortant des égouts, elles envahissent le manoir. Imagine cette pauvre Mme Dunn. Et puis tu vois, tout n'est pas si noir. J'ai quatre chandelles dans ma poche. Une pour chacun de vous. Oui, oui, pour vous. Allumez-les. Elles éclaireront un peu vos ténèbres. »

La voix du vieil homme montait graduellement, se faisait plus vibrante, métallique. Le parfum des violettes tournoyait autour de lui, remplissait le tunnel.

« Avancez ! ordonna-t-il. Et prévenez-moi si vous

voyez un de ces rats que Mme Dunn déteste. Leurs yeux brilleront à la flamme des bougies. N'ayez pas peur ! Ils auront plus peur que vous. Tout le monde a peur. »

Ils marchèrent plusieurs minutes en silence. Ils parvinrent à un grand réservoir vide, auquel une écoutille circulaire livrait passage. Mummery ne fut pas surpris.

« Les garçons, dit-il, soyez gentils. Descendez voir s'il est vraiment vide. »

Les garçons ne voulaient pas, mais le pouvoir de Mummery était plus fort que leur volonté. Quelque chose d'irrésistible coulait de ses yeux aveugles, se mélangeait à la lumière des bougies...

Carl descendit le premier, puis Zachary, qui aida Frankie. Celui-ci, en disparaissant dans le trou, jeta un dernier regard à Esther, comme pour l'appeler au secours. Mais elle demeura muette. Elle était incapable de trouver un mot à lui dire.

Mummery pencha la tête. Lorsqu'il entendit les trois garçons atterrir au fond du réservoir, il referma l'écoutille et la verrouilla.

Ses mains aveugles cherchèrent quelque chose dans l'air, se rassurèrent au contact du poignet d'Esther. Les longs doigts se refermèrent sur elle. Le parfum des violettes était si épais qu'elle aurait pu mordre dedans.

« Viens, petite ! dit-il dans un souffle. Marche encore un peu avec moi. Juste un peu plus loin, ma chère, juste un peu. »

Les garçons se réveillèrent comme après un rêve. Ils reprirent leurs esprits en entendant un grondement menaçant. Comme un train à vapeur qui arriverait d'un tunnel, à quelques mètres.

Cela provenait d'un tuyau qui aboutissait dans le réservoir, tout près du toit. Le grondement s'intensifia, et soudain une giclée d'eau tomba du tuyau. Puis une autre. Puis une véritable douche, qui devint graduellement un jet puissant, énorme.

Les garçons avaient déjà de l'eau jusqu'aux chevilles lorsqu'ils se précipitèrent sur les échelons métalliques qui remontaient vers la sortie hermétiquement close.

Lentement, des tourbillons d'eau les repoussèrent de plus en plus haut sur l'échelle. Ils crièrent, en vain : le vacarme de l'eau couvrait totalement leur voix.

16

LE GRAND COMBAT

« Avance, Esther ! Un peu de nerf, ma chère. Tu traînes le pas. Serais-tu fatiguée ? Un peu lasse, peut-être ?

— Non », répondit la malheureuse Esther.

La vigueur de Mummery l'écrasait. Il avait les yeux brillants, brillants, et la petite main d'Esther brûlait dans la sienne.

« Tu les vois, ces rats abominables ? Lève ta chandelle, ma chère. Tiens-la bien. Vois-tu leurs yeux méchants briller dans le noir ? ricanait-il.

— Non.

— Ça viendra. Ça viendra. »

Ils marchaient en silence, dans un nuage de parfum de violette.

« Ma chère Esther, je vais faire quelque chose

pour t'égayer. Je vais te réciter un poème. Un poème tiré d'un livre qui raconte l'histoire d'une gentille petite fille comme toi.

— Est-ce qu'elle meurt à la fin ? » demanda Esther.

Le vieil homme gloussa un rire asthmatique et se mit à réciter, de sa voix sèche et sifflante. Le poème était long. Esther l'écouta vaguement, pendant que ses pensées vagabondaient ailleurs.

« Ils allaient, Morse et Charpentier
Amis inséparables
Et tous deux follement pleuraient
En voyant tout ce sable :
"Si l'on pouvait le déblayer
Ce serait formidable". »

Cependant, les pensées d'Esther suivaient toujours le même cours.

« Pourquoi les Rats n'interviennent-ils pas ? Où sont les garçons ? Pourquoi est-ce que personne n'arrive ? »

Et parfois surgissait une autre question, si angoissante, si terrible qu'elle osait à peine se la poser.

« Qu'est-ce qui va m'arriver ? »

« Or donc quatre Huîtres les suivaient
Et quatre autres encore
Bientôt on en vit arriver

Encore, encore, encore
Dessus les vagues emportées
En mêlée vers le bord. »

La main du vieil homme serra plus fort celle d'Esther. Elle dégageait maintenant une chaleur insoutenable. Sa voix tremblait d'enthousiasme. Elle leva les yeux vers lui, mais il ne s'en rendit pas compte. La pâle flamme de la bougie vacillait entre ses mains.

« Si elle s'éteint, songea-t-elle, l'obscurité s'abattra sur nous. »

« Le Morse dit "Je vous plains tant
Je compatis, mes belles".
Il pleurait tout en choisissant
Les plus grosses d'entre elles
Et séchait ses yeux larmoyants
D'un mouchoir en dentelle. »

« L'obscurité s'abattra sur nous. Elle s'abattra sur nous », se répéta Esther.

Cela finissait par faire une sorte de prière, mais pas une prière d'espoir. C'était seulement une ceinture de sauvetage qui l'empêchait de se laisser submerger par les vagues d'obscurité qui l'assaillaient.

« "O Huîtres, dit le Charpentier
La balade fut bonne,
Il faudrait songer à rentrer."
Mais de réponse, point. Personne
Ne pouvait répondre en effet
Car ils les avaient dévorées[1]. »

Calmement, Mummery déclara :

« Quoi qu'il arrive, Esther, il faut que tu saches que je ne te veux aucun mal. Moïse Mummery ne te veut aucun mal, c'est seulement que... Nous sommes tous des victimes, mon enfant. Victimes de la nature et des circonstances. Tu comprends ? »

Esther hocha la tête.

« Reposons-nous ici », dit doucement Mummery.

Il l'assit gentiment sur le coude d'un tuyau, mais sans la lâcher.

« As-tu faim, ma petite ? J'ai du pain et du fromage dans ma poche, proprement enveloppés dans un mouchoir.

— Non.

— Moi non plus. Je n'ai absolument pas faim. Jamais, d'ailleurs.

— C'est parce que... »

Esther s'interrompit brusquement.

Le vieux Mummery ricana.

« Éteins ta chandelle, ma petite Esther. Nous

1. Ce poème, intitulé « Le Morse et le Charpentier », figure dans *De l'autre côté du miroir et ce qu'Alice y trouva*, de Lewis Carroll. Moïse Mummery n'en récite ici que des extraits. *(N.d.T.)*

serons plus à l'aise dans le noir tous les deux. L'obscurité sera comme un manteau au-dessus de nos têtes. Nous n'aurons pas à regarder en face la laideur de ce monde.

— Non !

— Éteins-la. Ce sera mieux. Crois-moi, fais confiance au pauvre vieil aveugle que je suis.

— Non ! »

De sa main libre, Mummery dégaina son poignard.

« Vois comme la lame brille, chère Esther. Je l'ai polie exprès. Tu ne la verrais pas briller si tu soufflais ta chandelle.

— Non ! Je vous en supplie... Qu'est-ce que vous voulez me faire ? Je ne vous ai rien fait, moi. »

Moïse Mummery prit un air douloureux.

« Je te l'avais bien dit, Esther. Moïse Mummery ne te veut aucun mal. Aucun. Mais... Attends, qu'est-ce que c'est que ça ?

— Quoi ?

— Lève ta chandelle, ma petite Esther. Vois-tu leurs yeux méchants ? Les vois-tu ? »

Esther releva brusquement la tête et rejeta les cheveux de son visage. Derrière eux, sur le chemin qu'ils venaient d'emprunter, elle aperçut des lumières. Au loin, par une ou par deux, elles brillaient de leur éclat propre.

« Tu vois ? râla Mummery avec impatience.

— Oui.

— Qu'est-ce qu'ils font ?

— Ils approchent, monsieur Mummery. Ils viennent vers nous. »

Et en effet, les lumières se rapprochaient rapidement. C'étaient des torches. Elle agita sa chandelle en espérant qu'on la verrait.

« Si je l'avais soufflée, songea-t-elle, ils ne sauraient pas que je suis là. »

Mummery devenait soupçonneux. Il se releva maladroitement, entraînant Esther à sa suite.

« Tu seras mes yeux, dit-il. Il nous faut sortir d'ici. J'ai un pressentiment. C'est un don qui m'est venu quand j'ai perdu la vue. Alors dépêche-toi, Esther, vite ! »

Mais Esther se traînait toujours, pour d'autres raisons cette fois. Les torches s'approchaient de plus en plus. Elle commençait à distinguer des têtes, des visages.

Le poignard de Mummery pendait à son côté.

« Plus vite, Esther ! »

Des bruits de pas résonnaient dans le tuyau. Puis une voix s'éleva.

« Moïse Mummery ! Attends-nous. Nous avons des choses à nous dire, depuis tout ce temps.

— Les fantômes ! » siffla Mummery.

Mais Esther avait reconnu la voix de Man O'Dea.

Le chasseur de rats se retourna vers ses poursuivants, deux yeux blancs brillant dans son visage fièrement dressé. Brusquement il attira Esther contre lui. Elle sentit les effluves de violette monter de sa veste, et la lame du poignard contre sa chair.

« Qui est-ce ? » demanda-t-il.

Les yeux d'Esther se remplirent de larmes. Dans un brouillard, elle distingua des hommes, des femmes. Un cercle de torches s'était formé autour d'eux.

Elle cligna des paupières, reconnut Oona, Zachary, Carl et Frankie. Un éclat de rire lui monta à la gorge, comme une toux : les garçons étaient ridicules, enveloppés dans des couvertures, les cheveux mouillés, dressés en épis, et le visage tout barbouillé de peintures de guerre. Puis elle sentit les larmes rouler sur ses joues.

« J'ai dit : qui est-ce ? »

Les Rats ne répondirent pas. Pétrifiés, ils regardaient Mummery, et seul le craquement de leurs torches brisait le silence. Esther entendait le vieil homme respirer par saccades. Son cœur battait la chamade.

« Des fantômes, répéta-t-il.

— Nous ne sommes pas des fantômes, monsieur Mummery. »

Man O'Dea s'avança d'un pas.

« Et pourtant, nombreux sont les fantômes qui pourraient se lever de leur tombe pour vous maudire. Car c'est vous qui les avez tués, monsieur Mummery. C'est vous.

— Je ne vous connais pas.

— Mais moi, je vous connais, monsieur Mummery. Nous vous connaissons tous. Et nous avons longtemps attendu ce jour pour être face à face avec vous.

— Mais je ne vous connais pas ! s'écria Mummery avec violence.

— Alors je vais vous raconter une histoire qui vous rafraîchira la mémoire », dit Man O'Dea.

Il attendit que le silence soit complet et commença :

« Il était une fois, dans la forêt, une petite communauté qui vivait de ses travaux forestiers et de l'exploitation minière. Chaque famille avait sa propre mine où couraient des veines d'or minces comme des traits de crayon. Je n'étais alors qu'un enfant, mais nous étions heureux et je n'avais jamais faim...

— Mais qu'est-ce que vous racontez ? l'interrompit Mummery. Un conte de fées ? Une leçon d'histoire ?

— C'est notre propre histoire ! cria une femme dans la foule.

— Dépêchez-vous ! dit Carl. Je veux savoir la suite.

— Oui, c'est une histoire intéressante, admit Man O'Dea. Alors écoutez-moi car je continue. Un jour, un jeune homme ambitieux arriva dans notre village. Certains s'aperçurent tout de suite qu'il portait en lui un charme maléfique. Une troupe d'hommes armés le suivait. C'était vous, monsieur Mummery. Vous aviez en main un faux titre de propriété qui faisait de vous le maître de notre terre. Vous nous avez immédiatement soumis à des loyers, comme vous les appeliez, qui n'étaient en fait qu'une opération de racket organisée.

— C'était l'or, rétorqua tristement Mummery. La fièvre de l'or.

— Il ne fait pas de doute que vous étiez possédé. Car bientôt, le loyer ne vous suffit plus. Vous avez mis la main sur les mines. Mais à quoi pouvaient-elles vous servir, sans les gens qui y travaillaient ? Vous avez donc parqué les habitants de la forêt comme du bétail, et comme du bétail vous nous avez maltraités, forcés à travailler jusqu'à ce que nous tombions de fatigue, battus, privés de nourriture, séparés de nos familles. Vous n'aviez aucune pitié, monsieur Mummery. En vérité, cette cruauté semblait vous apporter du plaisir. »

Esther sentit le vieil homme se raidir derrière elle. La pointe du poignard s'enfonça un peu plus dans sa chair.

« C'est faux ! s'écria-t-il. Jamais je n'y ai pris le moindre plaisir. C'est quelque chose de plus fort que moi, voilà tout.

— Vous êtes passé maître dans cet art, en tout cas.

— Je ne veux plus en entendre parler.

— Il le faut pourtant, monsieur Mummery. Il y a

quarante ans que j'attends de vous raconter cela. C'est donc à cette époque-là qu'apparut la grande mine à ciel ouvert. Quand je dis "apparut", c'est une façon de parler : elle fut bel et bien construite, et beaucoup d'entre nous y laissèrent leur vie, monsieur Mummery, y compris mes propres parents.

« Mais ce n'est qu'un détail. Il ne convient pas de s'y arrêter, pas plus qu'à tous ces morts dans les glissements de terrain. Nous n'étions que des animaux, nous ne valions même pas la peine qu'on étaie les parois de la mine. Je vois encore les miens, monsieur Mummery, sales et presque nus, grimpant aux parois de la carrière pour remonter les sacs de pierre. Je n'étais qu'un enfant, comme je vous l'ai dit, mais je travaillais de six heures du matin à six heures du soir dans votre usine. »

Quelques Rats acquiescèrent.

« On réduisait les pierres en poudre, dit l'un d'entre eux. C'était un travail dangereux.

— Et vous aussi, vous faisiez ça ? » demanda Carl à Man O'Dea.

Le vieil homme secoua la tête.

« Moi, je travaillais dans une pièce obscure, sans fenêtres, où la chaleur était telle en été qu'il m'arrivait de m'évanouir. Nous devions laver la poudre dans de grands bacs et chercher, à la lueur des bougies, les précieuses paillettes d'or. C'était un travail moins dangereux, je pense, mais dès l'âge de

douze ans je devins complètement aveugle. C'est drôle de penser que nous sommes tous deux aveugles, monsieur Mummery. Mais j'imagine que, quant à vous, vous avez perdu la vue avec l'âge.

« Puis vint le jour de notre fuite. Vous voyez, monsieur Mummery, il y avait encore quelque chose d'humain en nous. L'espoir, par exemple. Nous passâmes en courant devant les gardes, sachant que plusieurs d'entre nous seraient tués, mais que les autres parviendraient à s'échapper. Moi, j'étais aveugle, alors on me tirait au bout d'une corde, comme un animal, et je me suis débattu pour fuir aussi dans la nuit. Mais qu'importe : pour moi, la nuit était éternelle.

— C'est ce jour-là que j'ai perdu mon mari ! cria une femme. Par la faute de Moïse Mummery ! »

Aussitôt d'autres voix s'élevèrent, chargées de colère. Man O'Dea s'employa à calmer la foule.

« Chut ! chut ! Voyez : Mummery menace cette innocente de son poignard, et il faut que je termine notre histoire. Passons rapidement sur les mois d'errance qui suivirent. Nous arrivons donc en vue du manoir, épuisés, affamés, et nous voilà en train de patauger dans les canalisations pour nous trouver un point d'attache quelque part, derrière les murs et sous le sol. Grâce à vous, monsieur Mummery, nous en connaissions un bout sur les tuyaux et les galeries : vous nous aviez gracieusement appris à creuser les mines et la carrière. Quelle chance inespérée ! Elle nous a amenés à devenir les gardiens de ce monde souterrain. Mais nous n'étions plus des humains, nous vivions dans les interstices, comme des rats, et c'est ainsi que nous en sommes venus à nous considérer nous-mêmes. Comme des Rats. Des Rats qui ont attendu longtemps que vous croisiez leur route, monsieur Mummery. Si longtemps...

— Alors allez-y, tuez-moi ! s'exclama Mummery en repoussant Esther. Voyez, je lui rends sa liberté. J'aurais pu la tuer. Mais voilà, elle n'est plus entre mes mains. Maintenant écoutez-moi bien : si vous voulez vous venger en tuant un vieil aveugle, allez-y. La vie ne m'est plus d'aucun prix. Je préférerais être mort.

— Tue-le, O'Dea ! s'écria Oona. C'est tout ce qu'il mérite après ce qu'il t'a fait.

— Non, répondit fermement Man O'Dea.

— Je vais vous faciliter les choses », intervint Mummery qui avait retrouvé toute son assurance.

Avant que quiconque ait pu l'en empêcher, il se jeta sur Man O'Dea avec son poignard.

Oona poussa un hurlement perçant ; d'autres cris s'élevèrent en même temps. La voix de Man O'Dea couvrit le vacarme.

« Ce n'est rien. Une écorchure.

— Mort à Mummery ! » criait la foule.

Mais une fois encore, Man O'Dea les fit revenir au silence. Dans un murmure, il dit :

« Donnez-moi un couteau de même taille que celui de M. Mummery, ou plus petit, si vous n'en trouvez pas d'équivalent.

— Ne fais pas l'idiot, O'Dea, supplia Oona. Pourquoi risquer ta vie ? Tue-le et qu'on en finisse.

— Silence, ma sauvageonne ! Recule, tiens-toi loin de nous. Que personne ne touche à M. Mummery sinon moi, car nous luttons à égalité. »

On obéit à sa requête. Les Rats se pressèrent contre la paroi du tuyau ou s'éloignèrent en arrière. L'ombre se referma entre eux et les deux hommes, semblables eux aussi à deux ombres grises. Esther vit un des Rats retenir Oona qui se jetait furieusement en avant comme un chien en laisse.

Pendant quelques instants, les deux combattants se tournèrent autour, les bras tendus comme pour ne pas perdre l'équilibre. Une main tenant l'arme. L'autre, tous doigts écartés, comme les organes sensoriels d'une créature marine. Tous deux absolument silencieux. Mais Man O'Dea respirait avec attention le parfum des violettes.

Soudain Mummery donna un coup de couteau dans l'air. Instinctivement, Man O'Dea fit de même, droit devant lui. La scène faisait penser à une danse plutôt qu'à une bataille. Parfois les deux hommes se tournaient le dos, brandissant leur arme vers le cercle des spectateurs. Les lames de métal sifflaient dans l'air.

Puis le calme, un calme insupportable. Leurs doigts tremblaient. Les yeux de Mummery retrouvèrent leur éclat, son visage s'anima. O'Dea au contraire demeura pâle et grave.

D'instant en instant les deux hommes s'approchaient l'un de l'autre. Mummery souriait d'un air confiant. Sa main libre explorait l'air comme un serpent, avec une vivacité constante. Soudain il effleura le bras droit de Man O'Dea, celui qui tenait le couteau, et enserra le coude dans ses longs doigts. Sauvagement il frappa de son couteau.

« Man ! » hurla Oona.

Mais Man avait replié le coude, si bien qu'en s'avançant pour frapper son adversaire, Mummery se précipita sur la pointe de son couteau. Le vieil homme poussa un râle et s'effondra sur le sol, souriant étrangement.

Alors tout le monde se mit à parler, à s'agiter, à pousser des cris, à agiter les bras et à faire des mimiques.

Esther et les garçons se retrouvèrent poussés en avant, entourés de visages curieux. Ils durent s'agenouiller auprès de Mummery, qui leur souriait toujours. Sa voix n'était plus qu'un murmure.

« Personne ne me regrettera. Personne. Et d'ailleurs je n'aimerais pas ça. Dites à qui voudra l'entendre que Moïse Mummery fut heureux de mourir. Heureux d'être enfin libéré de son terrible fardeau. Dites-leur que je ne fus pas toujours au service du mal. Un honnête homme peut s'égarer en chemin...

— Il est mort ! » cria un homme dans la foule.

Oona poussa un cri. Les femmes fondaient en larmes, de soulagement. Mais bientôt on les contraignit au silence. Man O'Dea s'était effondré sur le sol.

« Il n'avait qu'une égratignure ! criait Oona. Il ne peut pas mourir ! »

Deux hommes examinèrent la main de Mummery raidie sur le poignard, reniflèrent la lame.

« Empoisonnée », déclarèrent-ils.

Oona posa la tête de Man O'Dea sur ses genoux et caressa les cheveux gris.

« Ne te mets pas en tête de mourir, O'Dea ! lui ordonna-t-elle à travers ses larmes. Tu ne vas quand même pas me quitter, vieux fou. »

Man O'Dea lui sourit.

« Qu'est-ce qui t'arrive, ma sauvageonne ? murmura-t-il. Tu pleures ? Ça ne te ressemble pas. Tu es une râleuse, pas une pleurnicheuse. Laisse-moi mourir tranquille sans m'ébouillanter avec tes larmes !

— Tais-toi, O'Dea. Tu vas guérir.

— Guérir, ma sauvageonne ? Mais ce n'est plus la peine. Moïse Mummery n'est plus. Le monde est débarrassé de cette engeance, jusqu'au prochain. Alors, Oonette, ce n'est plus la peine que je vive. Pour quoi donc ?

— Mais pour moi ! sanglota Oona. Je veux que tu vives, moi !

— Toi ? Tu ne fais même pas partie des Rats. Tu es une petite chose toute rose que j'ai cueillie dans l'eau. Ce que tu pouvais couiner alors ! Et tu ne t'es pas privée de couiner encore et encore. Dans ma poche, Oonette, tu trouveras un portefeuille. Sors-le. Sors-le. Dedans, il y a la clé de ton identité.

— Je ne veux pas le savoir. C'est toi que je veux. Je veux que tout soit comme avant, toi avec ta canne à pêche et nous deux tous seuls sur le bateau... »

Tout en protestant, Oona prit le vieux portefeuille. En l'ouvrant, elle fit tomber une feuille de papier jaunie, pliée en quatre et tellement usée aux plis qu'elle menaçait de tomber en morceaux.

« J'en veux pas ! cria-t-elle en jetant le portefeuille. C'est toi que je veux, O'Dea, toi ! »

Mais Man O'Dea était déjà mort.

La foule se fendit avec respect lorsque Oona se releva. Elle s'avança dignement, jusqu'au moment où quelqu'un prononça son nom. Alors elle se mit à courir comme une folle le long du tunnel, sans un regard en arrière.

Un petit homme à l'air renfrogné s'approcha des enfants. Il se présenta sous le nom de Jake.

« Venez avec moi, ajouta-t-il. Je vais vous ramener au manoir.

— Mais Oona..., dit Esther.

— Nous nous occupons d'elle, dit Jake. Bien qu'elle ne soit pas un Rat, nous la considérons comme une des nôtres. »

C'est en suivant Jake à la lueur de sa torche que la petite fille s'aperçut qu'elle tenait quelque chose entre ses doigts : le papier que Oona avait laissé tomber.

17

UNE RÉVÉLATION

En partant, Jake leur donna un bon conseil.

« Dites qu'il y a eu un accident. Une inondation dans les tuyaux. Dites que Mummery a été emporté, aussi simplement que ça. Son corps finira par remonter dans le grand lac où toutes les canalisations se vident. »

Ils acquiescèrent. Jake se retourna et disparut.

Ils étaient debout dans le corridor, à regarder le panneau de chêne où la porte secrète se refermait, lorsque Aphide Dunn apparut soudain. Elle s'arrêta, ses jupes encore agitées d'oscillations, et sa surprise se mua bientôt en colère à la vue des enfants.

« Il y a eu un accident, dit Zachary dans un souffle. M. Mummery. Une inondation. Il a été emporté. Il est mort. »

La rage d'Aphide demeura impuissante. Elle tourna les talons et retourna bien vite d'où elle était venue.

Dans la salle de classe. Les enfants enveloppés dans de bons vêtements chauds. Les garçons, en vestes de tweed et écharpes autour du cou, se pressaient autour d'Esther qui déplia le morceau de papier avec précaution, comme un bandage autour d'une blessure encore douloureuse.

« C'est une lettre ! s'exclama-t-elle.

— Plutôt un petit mot, dit Zachary.

— Lisez-le-moi ! supplia Carl. Je ne comprends pas tout, il y a des taches.

— Ça ne se fait pas de lire la correspondance des autres », observa Zachary avec grandeur.

Mais il n'en laissa pas moins Esther s'exécuter.

D'une voix vibrante, elle lut :

« *Ce nouveau-né ne m'est d'aucune utilité. Quiconque le trouvera et se souciera de payer pour son éducation peut le garder comme étant le sien.*

— Le mot devait être épinglé sur Oona quand Man O'Dea l'a trouvée, dit Zachary. Regardez, il y a deux petits trous en haut du papier.

— Pauvre Oona », soupira Esther.

Ce soir-là, le dîner fut ennuyeux à mourir. Aphide était dans une humeur particulièrement acerbe, et Mlle Pettigant, toujours aussi piquée.

Dunn avait consenti à sortir de sa stupeur coutumière pour écouter le récit que les enfants avaient préparé sur la mort de Moïse Mummery. Tout en servant le dîner, Lenoir écoutait sans en avoir l'air et s'employait à ne pas faire tinter l'argenterie sur la porcelaine pour ne rien manquer de l'histoire.

« Alors il est mort, répéta Dunn, stupéfait. Il était avec nous au petit déjeuner, il est maintenant l'heure du dîner et il n'est plus. Je sais que cela ne se fait pas de dire du mal des disparus, mais je suis soulagé. Je me demande bien pourquoi cet homme avait mis les pieds au manoir. »

Aphide se tourna vers son mari, rouge de colère, et s'écria :

« Je l'avais envoyé chercher à cause des rats. Ces rats qui ne me laissaient, et qui ne me laissent toujours pas, une minute de repos. C'est une torture, monsieur Dunn !

— Ah, Aphide !... Te rappelles-tu notre petite maison dans la forêt ? Les...

— Les courants d'air. L'humidité. Le papier peint qui se cassait la figure. Ah oui ! Tous les jours j'essaie d'oublier un peu plus.

— Ça alors, fit Dunn avec un étonnement sincère. J'avais toujours pensé que c'était un petit nid douillet. Tout allait bien, lorsque nous vivions là-bas.

— Vous devriez peut-être y retourner », suggéra Carl.

Il tenait une pomme de terre au bout de sa fourchette et chipotait d'une manière que le maître n'aurait certainement pas approuvée.

« Je te demande pardon, jeune homme ? »

La voix d'Aphide était montée de plusieurs tons, comme celle d'une chanteuse faisant ses vocalises.

Carl prit cela pour une invitation à développer sa pensée.

« Je crois que M. Dunn n'est pas heureux ici, dit-il. Ce soir, c'est la première fois que je le vois content depuis longtemps, et tout ça parce que M. Mummery est mort. La plupart des domestiques sont partis. Tout le monde se chamaille, se prend le bec, se met en colère. Si Zachary et Esther s'occupaient de Frankie et moi, on pourrait très bien viv...

— Mademoiselle Pettigant ! hurla Aphide. Notez immédiatement le nom de cet ingrat et qu'il soit privé de viande pendant deux semaines ! Vous m'entendez, Pettigant ? Deux semaines. Allons, notez tout de suite !

— Oh ! là ! là ! Oui, oui, madame Dunn. Mais où est mon... cet ingrat, avez-vous dit... Bien sûr... Plus de jambon, plus de rôti de porc... Ah, le voilà mon... mon petit carnet... Plus de saucisses, plus de bœuf ni de...

— Pettigant ! cria Mme Dunn. Qu'est-ce que vous cherchez, nom d'un chien ? »

De l'autre côté de la table, Mlle Pettigant avait

vidé son gros sac à main devant elle et fouillait avec application dans un monceau de houppettes à poudre, de clés, de mouchoirs, de tickets, lettres, emballages de bonbons, lunettes, porte-bonheur, peignes, médicaments, crèmes pour le visage et barrettes à cheveux.

« Mon petit crayon en argent, murmura Mlle Pettigant en portant la main à sa gorge livide. Il semblerait bien que je l'aie égaré.

— Égaré, Mélisande Pettigant ? La seule chose que vous ayez jamais égarée, c'est votre cervelle. Donnez-moi ce carnet ! Tout de suite ! C'est moi qui inscrirai les instructions sous le nom de cet impertinent. Lenoir, passez-moi de quoi écrire. »

Lenoir s'avança en souriant et lui tendit sa plume avec une petite révérence. De l'autre bout de la table, Zachary et Carl s'aperçurent que, à peine le bas de son visage disparaissait aux yeux d'Aphide, son sourire s'effaçait pour revenir, radieux, dès qu'il se redressait.

Aphide écrivait nerveusement. Esther jeta un coup d'œil en biais sur la page, et reçut un tel choc qu'elle crut s'être fourré les doigts dans une prise électrique.

De l'autre côté de la table, Zachary et Carl l'observaient avec stupéfaction. Elle se retint à grand-peine de leur annoncer tout de suite la nouvelle.

L'écriture d'Aphide Dunn était exactement la même que celle de la lettre trouvée sur Oona.

18

DANS LA NURSERY

Oona réapparut dès cette nuit-là. Esther s'éveilla en sursaut en sentant un choc moelleux au pied de son lit.

« Oona, c'est toi ?

— J'avais personne à qui parler », murmura Oona dans le noir.

Esther roula au pied du lit et s'assit à côté de son amie.

« Où tu étais ?

— Dans les tuyaux. J'ai tout fait sauter. Ça m'a calmé les nerfs. Votre chauffage ne marchera plus jamais. »

Esther tendit la main pour toucher celle de son amie. Elle était glacée.

« Viens sous les draps avec moi, vite. Il faut te réchauffer. »

Oona obtempéra mollement, sans même prendre la peine d'enlever ses bottes. Elles se blottirent ensemble dans le seul coin chaud du lit et Esther rassembla tout son courage pour parler.

« La feuille de papier, dit-elle enfin. Celle que Man t'a donnée avant de m... Avant. Elle était sans doute épinglée sur toi quand il t'a découverte. C'est un mot de ta mère où elle dit qu'elle t'abandonne. Et c'est l'écriture de... l'écriture d'Aphide Dunn. C'est elle, ta mère. Et Dunn est ton père. »

Oona ne bougea pas. Elle dit seulement :

« Demain matin, je prendrai mon couteau. Pour commencer, je la tuerai, elle. Et ensuite, lui.

— Non ! s'écria Esther. Je suis sûre que Dunn ne t'aurait jamais fait de mal. Il a toujours été gentil avec nous, à sa façon. Un jour, il m'a dit que Aphide ne pouvait pas avoir d'enfants. Je suis persuadée qu'il n'est pas au courant.

— C'est bon, dit Oona. Je tuerai seulement la bonne femme. Je m'en fiche. »

Esther donna une grande tape sur le traversin.

« Arrête avec tes projets de vengeance ! Écoute-moi : il faut que tu voies Dunn. Toi, tu peux le sauver. Sa femme est en train de le pousser à la catastrophe, et après tout c'est ton pè...

— Tais-toi ! Je ne veux rien avoir à faire avec ce type ! s'exclama Oona en se redressant si violemment qu'elle fit entrer une vague d'air froid dans le lit. Si c'est tout ce que tu as à me dire, je redescends dans les tuyaux. Je vais tout faire sauter et inonder la maison !

— Arrête, Oona, je t'en prie. On ne peut pas vivre tout seul, ça n'a jamais rendu personne heureux.

— J'étais heureuse avec O'Dea. Il me faisait rire.

— Et qu'est-ce qu'il voudrait que tu fasses, maintenant ?

— Que je sois heureuse. Et libre.

— Alors pourquoi t'a-t-il donné cette lettre ? Pourquoi, au moment où il ne pouvait plus s'occuper de toi, t'a-t-il donné l'indice qui te permettait de retrouver tes vrais parents ? »

Oona se laissa retomber en arrière et tira le drap sur son visage. Lorsque ses tremblements se furent calmés, Esther lui prit la main et la fit sortir de la chambre. Le clair de lune brillait sur la neige, éclairant la couche de poussière grise qui s'amoncelait dans les couloirs. Les pendules étaient arrêtées, les cendres froides s'entassaient dans les cheminées. Elles gravirent les escaliers en silence.

Tenant toujours la main d'Oona dans la sienne, Esther poussa une porte. La lumière les saisit. Assis sur le sol, entouré de vieux jouets, Dunn leva la tête pour les regarder entrer.

Esther dégagea quelques jouets et alla s'asseoir près de lui.

« Voici Oona, une véritable amie, commença-t-elle d'un ton incertain. Mais pas seulement une amie, monsieur Dunn. Écoutez... »

Les mots sortirent tout simplement de sa bouche :

« Oona est votre fille. »

Dunn pencha la tête pour regarder Oona qui se tournait les pouces, le menton bizarrement rentré dans la poitrine. Il sourit bêtement.

« Cette petite fille ? »

Esther hocha la tête et se mit à raconter toute l'histoire. C'était un véritable conte que Dunn écouta comme un enfant : il tenait ses chevilles entre ses mains, se balançait d'avant en arrière et riait à tout bout de champ.

Finalement, Esther lui tendit la lettre pliée en quatre. Dunn la lut et la relut.

« Vous voyez, c'est votre femme qui l'a écrite. La mère d'Oona. »

Dunn, très raide, acquiesça et essuya une larme du revers de la main.

« Oui, dit-il, c'est bien l'écriture d'Aphide. Elle n'a jamais aimé les enfants. Elle voulait autre chose, Aphide. »

Puis il se tourna vers Oona.

« Ainsi tu es ma petite fille ? » dit-il doucement.

Le menton toujours rentré, Oona hocha une seule fois la tête.

Maladroitement, Dunn se leva, renversant une bouteille de porto vide. Il se dirigea vers elle et la saisit dans ses bras comme un gros ours. Oona lui passa les bras autour du cou et enfouit le visage dans sa poitrine.

« Une inconnue qui se révèle être ma fille, murmura Dunn. Perdue et retrouvée. Quelqu'un à aimer, à chérir.

— Qu'est-ce que vous allez dire à votre femme, monsieur Dunn ? s'enquit Esther.

— Aphide..., fit Dunn en s'assombrissant soudain. Certes, il faut que je dise deux mots à Aphide. »

19

LA REVANCHE DES INDIENS

Aphide était assise dans sa chambre, tout près du feu, et jetait des regards furieux au plafond, de son œil de reptile. Ils étaient revenus. Les rats. Leurs opérations nocturnes recommençaient.

Elle resserra les pans de sa robe de chambre. Tout ce qu'elle désirait, c'était une bonne nuit de sommeil, rien qu'une. Mais c'était la même chose toutes les nuits. D'abord, elle passait des heures allongée dans le noir, à suivre les déplacements des rats au-dessus de sa tête. Puis elle se levait, allait s'asseoir près du feu et les entendait encore courir en tous sens.

Elle fouailla les bûches de son tisonnier.

« Mummery, vieux crétin ! râla-t-elle. Toi que j'avais engagé pour me débarrasser de tous ceux qui me gênaient, tu n'as pas été fichu d'en éliminer un seul. Incapable ! »

Les grattements recommencèrent, provenant de plusieurs directions à la fois. Le tisonnier à la main, Aphide se leva et se mit à marcher de long en large devant le canapé.

Soudain elle tendit l'oreille. Quelque chose bougeait derrière les lambris. Ce n'était pas un grincement de griffes et de dents, mais plutôt des doigts qui tambourinaient doucement contre le bois.

Elle courut au mur et se mit à frapper de ses poings osseux contre la paroi en criant :

« Ouste ! Fichez-moi le camp ! Vous m'entendez, sale vermine ? Retournez aux égouts puants qui sont votre demeure ! »

Mais le bruit ne faisait qu'augmenter, et montait de toutes parts maintenant, même du plancher. Elle s'arrêta un instant pour écouter. La peur faisait place à la colère.

Elle était si concentrée qu'elle bondit littéralement lorsqu'un de ses « petits gars » se mit à aboyer.

Les teckels avaient pris l'habitude de dormir malgré le remue-ménage des rats, mais ce soir, c'en était trop. Ils sortirent tous ensemble de leur panier, vêtus de leurs petits pyjamas, et se mirent à aboyer, à montrer les crocs, à sauter contre les murs et à gratter les tapis.

« Ça suffit, méchants garçons ! cria Aphide. Arrêtez, tout de suite ! »

Mais ils continuèrent de plus belle, et le vacarme aussi. La violence du martèlement augmentait sans cesse, atteignant bientôt la frénésie d'un concert de tambours de guerre. Alors les chiens eux-mêmes s'avouèrent vaincus et se réfugièrent en tremblant sous le lit.

Leur maîtresse se boucha les oreilles. Autour d'elle, les portraits vacillaient, les miroirs tremblaient, et soudain son flacon de somnifère tomba de la table de nuit, éparpillant les petits comprimés blancs sur le sol.

Une main devant la bouche, comme si elle allait vomir, Aphide se jeta sur la porte et l'ouvrit à toute volée. Le spectacle qu'elle découvrit la cloua sur place et lui arracha un cri perçant.

Un groupe de personnages grotesques la dévisageait en silence.

Dunn se tenait à quatre pattes, des plumes de paon plantées dans son chapeau melon. Esther et Oona étaient assises sur son dos et les trois garçons accroupis autour d'eux. Ils pointaient sur Aphide qui des armes imaginaires, qui des jouets, et portaient tous, Dunn y compris, leurs peintures de guerre sur les joues.

« Pan, pan ! fit Frankie en tirant de ses doigts tendus une balle imaginaire sur Aphide. T'es morte, ajouta-t-il en souriant.

— C'est absolument invraisemblable ! s'écria Aphide en reculant dans la chambre redevenue silencieuse. Insensé ! Inimaginable ! »

Dunn la suivit, toujours à quatre pattes, en s'ébrouant comme un cheval.

« Hue, hue, cocotte ! » criait Esther en le conduisant par son chapeau.

Zachary ne cessait de tirer en l'air avec son pistolet à bouchon. Il déclara solennellement :

« Méfiez-vous de la reine des Visages Pâles ! Elle parle avec une langue fourchue. »

Ce conseil entraîna les garçons dans une danse bruyante. Ils sautèrent à cœur joie sur le lit d'Aphide.

Carl portait à la ceinture une collection de scalps qui, à y bien regarder, ressemblaient étrangement aux postiches de Mlle Pettigant.

Aphide se planta près de son mari en tapant du pied.

« Mon pauvre ami, tu as perdu la tête, l'informa-t-elle. J'ai toujours pensé que tu étais à moitié fou, mais je vois que tu l'es devenu tout à fait. Qu'est-ce qui te prend, à la fin ?

— Rien du tout, répliqua-t-il gaiement. Il me paraît tout à fait raisonnable qu'un père joue avec sa fille. Et j'irais même jusqu'à penser que c'est toi qui as le cerveau dérangé, ma chérie.

— Monsieur Dunn, j'exige des explications.

— Vraiment ? Eh bien moi, j'ai entendu tout ce que j'avais à entendre. »

Il se leva d'un bond et soutint le regard de sa femme avec une résolution triomphante.

« Tu n'es qu'une mauvaise femme, Aphide Dunn. J'ai dû être aussi aveugle que ton précieux Moïse Mummery pour ne pas m'en apercevoir plus tôt, mais maintenant je vois clair dans ton jeu. Tu vas me faire le plaisir de déguerpir de cette maison dès le lever du soleil et de ne jamais y remettre les pieds. N'essaie plus jamais de me voir ni de me demander de l'argent, car tu n'obtiendras rien de moi, pas un centime. Tu n'as que trop profité de ce qui ne te revenait pas.

— Mais... »

Le visage d'Aphide se décomposa. Tout ce à quoi elle tenait comme à la prunelle de ses yeux lui glissait soudain entre les doigts. Dans son affolement, elle essaya une nouvelle tactique.

« Je vais aller coucher les enfants, mon chéri, dit-elle d'une voix douce. Puis j'irai te chercher tes pantoufles et une bouteille de ton porto préféré. Tu verras qu'une petite lichette te fera du bien.

— Et puis quoi encore ? Pour te laisser le temps de l'empoisonner ? Oh non, madame. Ne compte pas sur moi.

— Mais... »

Il lui tourna le dos sans autre forme de procès.

Les enfants venaient d'inventer un nouveau jeu : ils envoyaient des signaux de fumée avec une boîte d'excellent talc parfumé, et Dunn comptait bien se joindre à eux.

Aphide sortit de la chambre en courant et dévala

l'escalier. Arrivée en bas, elle saisit une canne dans le porte-parapluie, brisa un miroir et pulvérisa plusieurs bibelots ainsi qu'un vase de fleurs. Elle était furieuse à en pleurer. Mais ses yeux brûlants ne sécrétaient pas de larmes.

C'est dans cette humeur menaçante qu'elle entra à la cuisine.

Aphide renifla l'air comme un lapin. La cuisine était sale et sentait le chou, plus une autre odeur sur laquelle elle ne parvint pas tout de suite à mettre un nom.

Dans le miroir, la sombre silhouette de Lenoir ne se retourna pas, même lorsqu'elle claqua la porte.

Elle poussa un cri offensé.

« Donne-moi un fusil, Lenoir ! Tout de suite ! J'en aurai l'usage. Et pas seulement pour exterminer la vermine... Regarde comme je suis furieuse ! Je tremble ! »

Mais Lenoir continuait à se peigner.

Le silence moite de la cuisine remontait peu à peu, engloutissant les cris d'Aphide. Elle découvrit sur la table un sac de voyage très usé où elle put lire, en approchant une bougie, les initiales « M.M. » gravées à l'or fin sur la vieille peau de crocodile.

Elle se mit à fouiller dedans pour s'occuper, sortant tour à tour des mouchoirs en dentelle, des chaussures à boucle, une montre de gousset et un blaireau.

« Tu ferais... Vous feriez mieux de ne pas toucher à ça, madame Dunn », dit Lenoir d'un air sombre.

Elle leva les yeux. Il paraissait un autre homme, ce soir ; plus vieux, plus sérieux. Il ne portait pas son habituel uniforme de majordome, mais un vieux costume noir démodé. Une écharpe rouge sang lui barrait la poitrine, et il s'aspergeait les cheveux de lotion tout en les peignant.

Lorsqu'il reposa la bouteille, Aphide loucha sur l'étiquette pour la déchiffrer. C'était écrit : « Essence de Violettes Anglaises ».

« L'heure est grave, Lenoir. Je ne sais pas si tu t'en rends bien compte. On a réussi à me fâcher, bien que je ne sois pas femme à m'emporter facilement. Mais je les réduirai. De mes propres mains, s'il le faut. Tu ne m'écoutais pas, mais je disais qu'avec un fusil, je saurais bien...

— Les tuer, comme vous avez tué l'ancien maître ?

— Quoi ? Qu'est-ce que tu dis ?

— T'as... Vous avez très bien entendu.

— Tu ferais mieux de surveiller tes propos, Lenoir, attention à ce que tu racontes. Qui t'a dit...

— Vous savez ce que c'est, hein ? Les domestiques aiment bien bavarder. Pendant quelque temps, c'était le sujet de conversation à la mode.

— Cette nuit, Lenoir, je ne suis pas d'humeur à écouter des ragots de cuisine. Tout cela ne me concerne pas.

— Hé ! Pas de panique. Je m'en fiche, moi, de l'ancien maître. Et puis s'il était toujours vivant, je ne serais pas devenu le majordome de Dunn, alors au fond ça m'arrange qu'il soit mort. Non, madame Dunn. Ce n'est pas là que vous avez exagéré. »

Il fit une pause et désigna d'un mouvement du menton le vieux sac de voyage.

« Vous avez manigancé la mort de M. Mummery. Ça, c'était vraiment une erreur, madame Dunn. Ça, ça me fait quelque chose.

— Quoi, ce vieux dégoûtant ? Ce chasseur de rats à la manque ? Mais je n'y suis pour rien s'il est mort ! »

Lenoir vissa précautionneusement le bouchon du flacon de lotion capillaire. Puis, levant sa chandelle, il ouvrit une petite armoire pour y prendre quelque chose.

« Qu'est-ce que tu fabriques avec cet immonde chiffon ? » demanda Aphide en se bouchant le nez.

Lenoir se tourna vers elle, une expression étrange et inquiétante sur le visage.

« Attendez un peu que je m'habille ! »

Il jeta la peau de loup sur la tête, les crocs pendant au-dessus de ses yeux.

« Enlève-moi ça ! cria Aphide d'un ton plus angoissé qu'elle ne l'aurait voulu. Ce doit être plein de microbes. Dans une cuisine... C'est contraire à toutes les règles de l'hygiène. »

D'un seul bond, le jeune homme atterrit sur la

table, à quatre pattes. Il ressemblait à s'y méprendre à un loup sauvage.

« Lenoir ! gronda Aphide. Est-ce que tu as perdu la tête, comme mon mari ? Pourquoi est-ce que tout le monde joue à avoir huit ans, cette nuit ? »

Elle se leva pour quitter la cuisine, mais le jeune homme fut plus prompt qu'elle. En un clin d'œil, il avait fermé la porte à clé.

« Laisse-moi sortir ! brailla-t-elle. Je veux quitter cette maison de fous ! »

Sans répondre, il se mit à danser devant elle, comme un primitif. Aphide voulut le repousser, mais il sautait hors de sa portée. Il fut bientôt devant la porte qui donnait sur le jardin, et se mit à défaire les verrous.

« Demain à la première heure, tu quitteras le manoir, déclara Aphide d'une voix ferme, comme si elle était encore la maîtresse des lieux. Je ne comprends même pas comment on a pu t'accorder une position de confiance. Tu n'es qu'un gamin. Je me demande ce que Dunn avait dans la tête le jour où il t'a engagé. »

Une bouffée d'air glacé la fit taire. Lenoir avait ouvert en grand la porte du jardin. Et là, dans le noir, leurs yeux brillant d'un éclat jaune à la lueur de la flamme, ils attendaient. Ils attendaient patiemment leur nourriture.

Aphide poussa un hurlement. La bande de loups s'engouffra dans la cuisine.

20

LES LOUPS ET LEUR MAÎTRE

Ce fut Carl qui les vit le premier. La masse sombre de leurs corps souples grouillait sur l'escalier monumental : toute une armée massée derrière son chef, Lenoir. Mais sous son déguisement de peau, le jeune homme était devenu méconnaissable.

La horde, tassée en rangs serrés, observait l'intérieur de la maison avec méfiance. C'était la première fois que les loups se trouvaient entre quatre murs, et à proximité d'autant d'êtres humains.

L'odeur humaine, très forte, leur chatouillait sans cesse les narines, leur arrachant des grognements rauques ; les poils se hérissaient dans leur dos. Le danger les menaçait de toutes parts, mais ils avaient trop faim pour demeurer prudents, et leurs yeux jaunes brûlaient d'une quête unique : trouver de quoi manger.

Les enfants avaient abandonné leurs jeux et, serrés autour de Carl, observaient le spectacle par les barreaux de la cage d'escalier. Dunn, appuyé contre la rampe, était redevenu sérieux.

« Mes petits Indiens, dit-il, il va falloir se battre. Êtes-vous prêts ? »

Ils acquiescèrent avec enthousiasme, en levant la main.

« Alors, préparons-nous ! »

Il envoya Zachary chercher son vieux parapluie lance-flammes, qui était resté inemployé depuis qu'il habitait au manoir. Zachary ne fut pas long à revenir.

« Voilà, monsieur Dunn, dit-il, le souffle court.

— Espérons que ça marchera », observa Dunn avec un petit sourire inquiet.

Les loups montaient à l'assaut de l'escalier.

Dunn attendit qu'ils soient tout près et leur barra le passage. Lenoir lui adressa un regard chargé de haine, qui eut pour effet d'augmenter encore les grognements des loups. Mais Dunn ne bougea pas.

« Alors, mon garçon, dit-il d'une voix forte. On dirait que les événements prennent une nouvelle tournure.

— Je ne suis plus un petit garçon, ragea Lenoir. Et vous feriez bien de me prendre au sérieux.

— Je te prends très au sérieux. Mais tu serais bien avisé de me considérer de même. Si tu ne redescends pas immédiatement, si tu ne quittes pas

le manoir sur l'heure, je vous ferai rôtir, toi et tes amis. Un par un s'il le faut. N'oublie pas que j'en ai combattu, des loups, avec mon lance-flammes. Je te garantis, Lenoir, que tu ne feras pas un pas de plus, dussé-je passer la nuit entière à vous barrer le chemin.

— Mais quoi, monsieur Dunn, vous ne croyez quand même pas que ce sont là toutes mes troupes ? Je ne suis pas si bête. L'autre moitié est déjà en train de monter le deuxième escalier. »

Esther jeta un coup d'œil inquiet sur sa gauche, et retint son souffle. Des formes sombres s'avançaient par dizaines, leurs yeux brillant dans le noir. Ils n'allaient pas tarder à arriver sur le palier.

« Monsieur Dunn ! » cria-t-elle.

Dunn se retourna et pressa la détente de son lance-flammes. Dans un sifflement sinistre, un éclair aveuglant surgit du bout de son parapluie. Les loups se mirent à hurler, des silhouettes noires se découpaient parmi les flammes.

« Ils montent ! avertit Zachary.

— Ils sont trop nombreux ! cria Oona.

— Tout le monde dans la chambre », ordonna Dunn.

Les enfants ne se le firent pas répéter deux fois. Le parapluie cracha encore une flamme bleue et les loups reculèrent en geignant, ce qui laissa à Dunn le temps de rejoindre les enfants à l'abri, derrière la porte fermée à double tour.

Mais le prix à payer était terrible : les rideaux avaient déjà pris feu, les flammes montaient à l'assaut du plafond, les tapisseries flambaient et les tableaux se boursouflaient de bubons qui éclataient comme des blessures béantes.

Lentement, les premiers rubans de fumée s'infiltrèrent sous la porte de la chambre. En les apercevant, Frankie fondit en larmes.

« Allons, petit Frank, trêve de pleurniche, trêve de crachin, fit Dunn en souriant. Regarde, j'ai inventé un nouveau jeu. »

Il conduisit le petit garçon près de la cloche d'alarme.

« Tu vas essayer de me faire sonner ça très très fort, d'accord ? Je veux que ça fasse le plus de bruit possible, pour réveiller toute la maisonnée. Imagine comme ils vont être étonnés ! »

Évidemment, Frank s'employa à tirer la sonnette avec délices. Toute la maison se mit à résonner.

Les autres avaient couru à la fenêtre, pour découvrir qu'elle refusait de s'ouvrir, bloquée par le gel. Sans hésiter, Dunn saisit une chaise et la balança à travers la vitre. Les enfants le regardèrent, béats d'admiration. Puis, sortant la tête dans le froid, Oona et Esther s'écrièrent :

« Au feu ! Au feu ! »

Pendant que Zachary et Carl hurlaient :

« Les loups attaquent ! »

Frankie abandonna un instant la sonnette

d'alarme pour se moquer d'eux, et aussi parce qu'il était fatigué, mais Dunn l'implora de continuer.

« Allez, monsieur Frank. Il faut sonner encore, encore ! »

Un coup sourd ébranla la porte de la chambre, suivi de deux autres, plus rapides.

« Ce sont les loups, monsieur Dunn, souffla Zachary en repoussant ses lunettes sur son nez. Ils essaient d'enfoncer la porte.

— Par ma foi, ils n'y parviendront pas ! Continuez à crier, les enfants. Il faut absolument prévenir les domestiques. Pendant ce temps-là, je pousserai tous les meubles devant la porte. Han ! Ils mettront bien une semaine à passer, ces satanés loups ! »

Alors, soufflant et râlant, des gouttes de sueur roulant sur ses tempes, Dunn mit son projet à exécution, entassant à toute vitesse une montagne de chaises, de tables et de commodes. Derrière, les coups redoublaient et les panneaux de chêne commençaient à se fendiller en grinçant.

Chacun accomplissait sa tâche avec ardeur. Les enfants étaient presque aphones à force de crier, mais ils avaient atteint leur but. On entendait un vacarme de cris et de pas dans toute la maison, et mieux encore, de temps en temps, un coup de feu suivi du râle d'un loup agonisant.

Mais soudain ils s'immobilisèrent tous, saisis de terreur : la voix de Lenoir s'éleva par le trou de la serrure.

« Écoutez-moi bien, bande d'abrutis. Le feu fait rage de ce côté-ci, et je vous abandonne. Vous vous croyez peut-être en sûreté, mais la vérité, c'est que vous vous êtes fabriqué une belle petite tombe. Ha ! ha ! ha ! Le feu vous dévorera encore plus vite que les loups. Moi, ça m'est égal de savoir comment vous mourrez. Allez, salut ! »

Et ils l'entendirent se retirer, suivi de son armée de loups.

Lenoir avait parfaitement réussi son coup : ce petit discours démolit le moral des assiégés. Dunn ramassa une chaise de sa belle barricade et s'y laissa tomber. Instinctivement, les enfants se serrèrent autour de lui, et Frankie se remit à pleurnicher.

Dans la maison devenue d'un coup silencieuse, on entendait les flammes craquer, consumant tout sur leur passage. La chaleur devenait insoutenable au point que les fenêtres explosaient l'une après l'autre dans la nuit.

Esther décida de faire quelque chose. Elle se leva calmement, et, prenant soin de ne pas se couper, elle se pencha à la fenêtre brisée. En bas, elle aperçut quelques loups maigres et piteux, les lâches qui s'étaient enfuis dès le début de la bataille. Ils avaient encore faim et traînaient autour de la maison. En apercevant la petite fille, ils poussèrent une plainte d'envie, qui dévoila l'intérieur de leur gueule rose.

Puis Esther regarda en direction des toits et des fenêtres environnantes. Elle avait vu tout ce qu'elle voulait et courut faire son rapport à Dunn.

« Levez-vous, dit-elle. Nous devons sortir d'ici. Oona, il faut que tu m'aides. »

Les deux fillettes saisirent Dunn par le bras, comme un vieillard, le soulevèrent de sa chaise et l'amenèrent à la fenêtre. L'air vif et glacé le ranima un peu. Esther lui montra les fenêtres sur sa droite, toutes proches les unes des autres et séparées par des groupes de statues couverts de neige.

« Il suffit de se glisser le long de la corniche, de passer par-dessus les statues, et on pourra atteindre la dernière fenêtre, à l'angle. Ce sont les appartements privés du maître qui mènent à son observatoire.

— Mais c'est glissant, mademoiselle Esther, objecta Dunn. Et nos amis sont tous rassemblés en bas, qui attendent seulement de nous voir dégringoler. »

Il soupira.

« J'ai agi bien inconsidérément en brisant cette vitre. »

Du bout de sa chaussure, il repoussa les morceaux de verre épars sur le tapis.

« Enlevez vos pantoufles et vos chaussettes, les enfants. Elles ne vous serviront à rien lorsqu'il s'agira de marcher sur la glace et d'escalader les statues. Qui veut y aller le premier ? C'est bien, Zachary. Tiens, prends ma main, je vais te... »

Au même instant, la porte de la chambre se désagrégea sous la pression du feu, et une masse de magma bouillant s'engouffra dans la pièce avec un bruit de fin du monde. La barricade de meubles se consuma en un clin d'œil et la chaise où, un instant plus tôt, M. Dunn se tenait entouré des enfants, fut réduite en cendres par une boule de feu.

« Vite, vite ! s'exclama Dunn. Mais faites attention tout de même ! »

La panique perçait dans sa voix, mais il souleva les enfants l'un après l'autre. Frankie, le dernier arrivé sur la corniche, lui tendit la main.

« Tout va bien, Frank, mon petit, tout va bien. »

Il jeta un dernier regard en arrière. La chambre était envahie par une épaisse fumée noire. Le feu ne tarderait pas à embraser toute la pièce et on verrait des flammes orange jaillir des fenêtres, illuminant la façade obscure du manoir.

La neige était terriblement froide sous leurs pieds nus, et la glace dure et coupante les blessait à chaque pas. Oona et Carl laissaient des traces sanglantes derrière eux. Zachary avait déjà dépassé le premier groupe de statues et, invisible, criait des directives à Esther pour l'aider à escalader les statues à son tour.

Dunn regarda les loups qui tournaient en rond dans la neige comme des requins, et des larmes coulèrent sur ses joues.

« Si l'un des enfants glisse et tombe, songea-t-il, je ne me le pardonnerai jamais. »

Carl grimpait avec énergie, sans écouter les conseils. Arrivé au second groupe de statues, il dérapa et faillit perdre la vie, sans se douter de la lourde culpabilité qui s'abattrait sur les épaules de Dunn s'il persistait dans son comportement fanfaron.

Derrière la dernière fenêtre, à l'angle du manoir, le dernier groupe de statues était bien plus imposant que les précédents. Les enfants s'entassèrent sur un aigle de pierre aux proportions gigantesques et des centurions casqués, pour laisser la place à Dunn.

« La fenêtre est fermée, dit Zachary.

— Ne t'inquiète pas, mon gars ! fit Dunn en souriant. Ce soir, j'ai décroché le titre de champion du monde toutes catégorie dans la démolition des fenêtres ! Voyons voir... »

Il ôta sa veste, l'enroula autour de son poing et se mit à cogner dans la vitre jusqu'à ce qu'elle cède. Mais le pauvre Dunn endommagea ses phalanges au passage : le verre était plus épais qu'il ne l'aurait cru. Enfin il passa la main par le trou, déverrouilla la fenêtre et entra le premier. Puis il porta chacun des enfants à l'intérieur pour éviter qu'ils ne se coupent aux éclats de verre.

« Beurk », fit Carl en se bouchant le nez.

Malgré l'état d'urgence et la maison en flammes, Dunn eut un mouvement de réprobation toute professionnelle en voyant les tas d'immondices qui encombraient les marches de pierre, évidemment abandonnées là par une servante trop paresseuse pour descendre les poubelles.

Ils se frayèrent un chemin parmi les peaux d'oranges et de bananes, les croûtes de fromage rances et les os puants. Mais au moins, le feu n'avait pas gagné jusque-là et les relents de pourriture masquaient l'odeur de la fumée qui envahissait le reste de la maison.

En haut des marches, ils découvrirent l'observatoire du maître. Les cartes du ciel phosphorescentes et tous les vieux télescopes de cuivre brillaient dans l'obscurité. Zachary conduisit le groupe à l'escalier circulaire qui, du fond de la pièce, menait sur la plate-forme à ciel ouvert.

Le pire était passé. Ils s'accordèrent un temps de repos et s'affalèrent dans la neige, pantelants et épuisés. En dessous d'eux, le feu faisait rage. Çà et là, de véritables colonnes de flammes surgissaient des toits. Une lumière étrange, d'une sinistre couleur orangée, éclairait la nuit, et la neige fondait à vue d'œil, dégoulinant des rebords dans les gouttières. Ce qui restait de neige était maculé de petits copeaux de cendre qui tombaient du ciel en tourbillonnant.

« Assez reposé, dit enfin Dunn. Il nous faut continuer. Tentons de rejoindre l'escalier de l'aile Sud : c'est le plus éloigné du premier foyer d'incendie, il devrait être intact. Mais il faut nous dépêcher : le feu s'étend rapidement. »

Ils le suivirent sans discuter. Transis, effarés, certains d'entre eux perdant du sang, entourés d'une foule de périls. Esther pensait sans cesse à leur précédente expédition sur les toits. Les garçons avaient fait les idiots, sonné les cloches, et elle s'était prise de pitié pour un lion de pierre enneigé...

Plus loin, au-delà de la gorge de cheminées obscures où ils s'avançaient, elle reconnut un des lions de pierre. Perché sur le parapet, il surplombait les jardins et la forêt. Mais soudain il se retourna pour la fixer de son œil jaune...

Ce n'était pas une statue, c'était un loup !

« Monsieur Dunn, cria-t-elle d'une voix étranglée, les loups sont devant nous !

— Et là-haut, aussi ! » hurla Oona.

Les loups avaient envahi les toits. Quelques-uns s'approchaient déjà avec des grondements menaçants.

« Grimpez, plus haut ! s'écria Dunn. Avec leurs griffes, ils glisseront sur les ardoises. »

Ils se mirent à escalader le toit, tous les six, comme des fous. Parvenus au sommet, ils constatèrent que les loups étaient partout autour d'eux, et que plusieurs foyers d'incendie avaient éclaté dans le reste de la maison. De nouvelles flammes s'élevaient de toutes parts, de plus en plus nombreuses.

« Monsieur Dunn, je vous en prie, repoussez-les avec votre lance-flammes ! supplia Carl.

— Reculez, tous. Vous savez que c'est une arme terrible. »

Ils s'alignèrent sur la crête du toit, attendant que surgisse la grande flamme bleue. Mais lorsque Dunn pressa la détente, il n'obtint qu'une petite flammèche qui s'éteignit en crachotant.

« Il n'y a plus de gaz », murmura-t-il.

Un soupir de désespoir accueillit ses paroles.

« Au moins, là où nous sommes, les loups ne peuvent rien contre nous.

— Mais le feu ne tardera pas à nous chasser, dit Oona.

— Regardez ! s'écria Zachary. Voilà Lenoir. »

Tous les regards se tournèrent vers la silhouette maléfique qui s'avançait vers eux en se contorsionnant, sans jamais les perdre de vue.

« Il me fait peur ! chuchota Esther. C'est lui qui me fait le plus peur.

— Ne t'inquiète pas pour lui, répondit Dunn. Ce n'est qu'un sale gamin. Il est à peine plus vieux que Zachary.

— Chut ! l'interrompit Oona. Il essaie de nous dire quelque chose. »

Lenoir s'était juché sur le toit d'en face et criait :

« Monsieur Dunn ! Ohé, Dunn ! Je croyais qu'on ne se verrait plus jamais. Comme on se retrouve... Mais voilà, cette fois il n'y a plus de porte entre vous et moi.

— Rappelle tes loups, gamin. Tu as déjà fait

assez de mal comme ça. Qu'est-ce que tu veux encore ? »

Lenoir lui jeta un long regard chargé de dégoût.

« Je ne suis pas un gamin, vieux. Combien de fois faudra-t-il le répéter ? Et puis je n'ai pas tout à fait terminé pour ce soir. Regardez autour de vous, cher monsieur Dunn ! Regardez bien ! Même Moïse Mummery n'aurait pas réussi ce coup-là. »

D'un geste, il désigna les quelque vingt foyers qui brûlaient en tous sens et l'épais nuage de fumée qui masquait les étoiles.

Un sourire de propriétaire apparut sur son visage, mais son expression se figea lorsqu'une voix inconnue, surgie de nulle part, s'adressa à lui.

« Nous en avons assez vu, monsieur Lenoir. Et nous en avons assez de vos menées, ainsi que de vous-même. »

Lenoir plissait les yeux, cherchant à distinguer son interlocuteur dans le dédale des toits et des frontons. Mais la voix poursuivit :

« Nous nous sommes débarrassés d'un tyran, et voilà qu'un autre, plus petit, se lève pour prendre sa place. Mais cela ne durera pas.

— C'est Jake, souffla Oona avec enthousiasme. Jake et les Rats !

— Où sont-ils ? » demanda Esther.

Au même instant, une centaine de pierres vinrent s'abattre sur les loups, lancées par des mains sûres. Elles semblaient pleuvoir du ciel, comme une violente averse.

« Montrez-vous ! s'exclama Lenoir.

— Les Rats sont trop petits pour qu'on puisse les voir, répliqua une voix moqueuse.

— Ils se cachent à la vue des humains, ajouta une autre voix.

— Et puis tes loups ne feraient qu'une bouchée de nous », dit un troisième.

Dans le silence qui suivit, une pluie de pierres s'abattit à nouveau sur le toit. L'une d'entre elles atteignit Lenoir à l'épaule au moment où il portait la main à son côté. Dunn se demanda s'il était armé.

Le peu de loups qui restaient se mirent à hurler. La majorité avaient fui, laissant les vieux durs à cuire gronder devant Dunn et les enfants, comme s'ils étaient responsables de leur défaite.

Un troisième jet, puis un quatrième achevèrent de semer la panique parmi les loups. Quelques-uns étaient étendus immobiles dans la neige sale, les yeux fermés et la gueule béante.

Soudain Zachary poussa une exclamation.

« Hé ! Lenoir décampe ! Il abandonne !

— Hourra !

— Retourne chez ta mère, hé, gros bébé ! » brailla Carl.

Mais contrairement à leurs espérances, Lenoir ne disparut pas tout à fait. Il se dirigea vers une tourelle proche et se mit à l'escalader.

Zachary remonta ses lunettes sur son nez.

« Qu'est-ce qu'il a encore inventé ?

— On s'en fiche, dit Oona, tant qu'il nous laisse tranquilles...

— Mais de cette tour, fit Dunn d'un air soucieux, nous serons directement dans sa ligne de mire. Si jamais il est armé, et je crains qu'il ne le soit, nous sommes en danger.

— Il a une arme ! Je la vois ! s'écria Carl. Dans sa main, là, un pistolet. »

À peine avait-il achevé qu'un petit nuage de fumée s'échappa de la main du jeune homme, et juste à côté du pied de Dunn, une ardoise éclata à grand bruit.

Ce fut un mal pour un bien : la déflagration effraya les derniers loups qui détalèrent à toutes pattes. Dunn et les enfants dégringolèrent aussitôt du toit. Au-dessus d'eux, un nouveau coup de feu fit voler une tuile en éclats.

Jake les attendait en bas, dans l'ombre. Il était en proie à une agitation extraordinaire.

« Dépêchez-vous, je vous en conjure ! Nous sommes en danger de mort ; il ne s'agit pas de Lenoir. Le feu fait rage juste au-dessous de nous, et cette portion du toit menace de s'effondrer. »

Lenoir tira de nouveau. Un morceau de conduit de cheminée tomba aux pieds d'Esther.

« Vite ! les pressa Jake. Suivez-moi ! »

Pliés en deux, ils se faufilèrent le long des parapets, des coupoles et des cheminées. À l'évidence, Lenoir les avait perdus de vue, car il tirait dans toutes les directions en vociférant des insultes impuissantes. Jake s'arrêta enfin devant une bouche d'aération qui ressemblait à celle d'un paquebot.

« Les Rats sont déjà en route, dit-il. Il faut nous hâter de les rejoindre. Allez-y ! Vite, je vous en prie. Il n'y a qu'à sauter et se laisser descendre. »

Le tuyau d'aération les avala l'un après l'autre. Dunn avait insisté pour passer le dernier. Avant de s'engouffrer à la suite des autres, il se retourna. Un hurlement lui parvint, voix humaine parmi les loups. La tour s'effondrait dans les flammes, aspirée par le toit béant. L'espace d'un instant, il aperçut la silhouette de Lenoir qui se découpait sur le brasier, puis les flammes se refermèrent sur lui.

D'un seul élan, Dunn se laissa tomber dans l'obscurité.

Il s'aperçut, comme ses compagnons avant lui, que le tuyau d'aération était un véritable toboggan. Son chapeau melon vola dans les airs et, avec des cris inarticulés, il se laissa glisser le long des méandres lisses. Par endroits, le tuyau était brûlant, mais il descendait si vite qu'il n'y prenait pas garde. La fin du voyage fut aussi brutale qu'inattendue :

PLOUF !

L'infortuné majordome pataugeait dans l'eau, honteux et confus de ne pas savoir nager. Oona et Zachary le hissèrent à bord d'une petite barque où les autres enfants, rayonnants, étaient déjà installés.

Seules Oona et Esther savaient où ils se trouvaient. Le bateau-maison de Man O'Dea flottait à quelques mètres devant eux ; c'était vers lui que se dirigeait la petite barque, précédée par les Rats qui nageaient tous dans la même direction.

Dunn émit un scrupule de conscience : était-il juste que certains soient en barque et d'autres dans l'eau ? Jake lui répondit simplement :

« Les Rats sont d'excellents nageurs, monsieur Dunn. »

Le bateau de Man O'Dea grinça sous le poids des nombreux arrivants, et s'enfonça dangereusement. Le nombre des occupants augmenta encore lorsqu'on repêcha les « petits gars » d'Aphide.

Il n'y avait pas un moment à perdre : la férocité du feu menaçait les rescapés autant que la fragilité du bateau. On leva l'ancre, on sortit les rames de la cambuse. Quelqu'un hissa même la voile, action symbolique s'il en fut car elle était pleine de trous, et qu'en outre il n'y avait pas un souffle d'air dans le réservoir.

Un groupe de Rats se mit à ramer avec des grognements sourds pendant qu'une autre équipe montait la garde sur les plats-bords pour repousser les débris incandescents qui menaçaient sans cesse de heurter la coque. Les enfants furent mis à contribution : ils parcouraient le bateau en tous sens, à l'étourdie, jetant par-dessus bord tout ce qui pouvait l'alléger.

« Il y a une voie d'eau dans la coque, cria la voix d'un Rat des profondeurs de la cale.

— Je vous avais bien dit que le bateau de Man ne pouvait pas porter tout le monde, fit Oona.

— Tuyau en vue ! s'écria la vigie. Nous arrivons à la voie d'évacuation principale. Tenez bon ! »

Devant eux, comme la lune montante, apparut un demi-cercle de lumière. C'était le tuyau en question, celui par lequel l'eau s'écoulait dans le lac. Le courant les cueillit et le vieux bateau prit de la vitesse. Jake cria aux rameurs de rentrer leurs avirons.

« Attention, c'est parti ! » beugla la vigie.

Un bruit de bois qui craque suivit ses paroles : le sommet du tuyau avait heurté le mât et la voile, qui s'en allèrent à vau-l'eau.

Le bateau était sauvagement ballotté d'un rebord à l'autre dans un sinistre vacarme de grincements et de craquements ; l'eau se déversait par paquets dans l'embarcation. Soudain le bateau fut happé par un tourbillon descendant. Des trombes d'eau s'élevèrent comme un feu d'artifice autour de la proue. Puis, avec un grondement, il fit une embardée sur le côté, trépida et s'immobilisa.

Il s'était enlisé dans le rivage boueux du lac.

Graduellement, les cris se calmèrent, et les vociférations des poules d'eau, au loin, s'apaisèrent. À part quelques bleus, personne n'avait souffert du voyage.

Frissonnants dans la brume, ils virent se lever à l'orient les premières lueurs grises de l'aube.

21

VERS UNE NOUVELLE VIE

Malgré toutes leurs aventures, les enfants ne sentaient pas la fatigue. Le cauchemar était terminé. Mummery, Aphide et Lenoir avaient disparu, ils n'avaient plus rien à craindre. Même l'air avait un goût nouveau, ce matin-là. Quant à dormir... il n'en était pas question !

Pleine de sens pratique, Esther s'inquiéta du sort des « petits gars » qui frissonnaient dans leur pyjama mouillé. Elle les déshabilla et les sécha de son mieux. Ainsi, ils ressemblaient enfin à des chiens normaux.

« À mon avis, dit-elle distraitement, c'est vraiment idiot de vouloir traiter les animaux comme des êtres humains. »

Oona lui décocha un sourire malin et, prenant

conscience que tous les Rats la regardaient, Esther rougit jusqu'aux oreilles.

« Je suis désolée, Jake. Je ne voulais pas...

— Il n'y a pas de mal, répondit Jake en riant. Il est peut-être temps aussi que nous cessions de nous prendre pour des animaux. »

À la lumière du matin, le visage des Rats avait une étrange couleur grise. Mais ils semblaient bien plus à l'aise désormais. Jake révéla ses talents de clown : il savait faire des tours de magie, tirait des pièces de monnaie des oreilles de tout le monde et, lorsqu'il faisait rouler ses yeux dans ses orbites, les enfants riaient à tomber par terre.

La bonne humeur s'arrêta net lorsque Mlle Pettigant fit son apparition sur la rive, vêtue de sa chemise de nuit sur laquelle elle avait jeté un vieux manteau d'homme. Elle était chaussée de bottes en caoutchouc vert qui manifestement ne lui appartenaient pas non plus, et elle avait dû glisser plus d'une fois en chemin, car elle était entièrement couverte de boue, et ses cheveux pendaient en désordre.

« Monsieur Dunn ! Monsieur Dunn ! piailla-t-elle. J'ai deux mots à vous dire, je vous prie !

— Oh oh !... On dirait que notre chère Mélisande a quelque chose sur le cœur, marmotta Carl en l'épiant par un hublot. Quand elle secoue la tête comme ça, c'est qu'elle est en colère. »

Dunn leva les yeux au ciel et se leva pour aller à sa rencontre.

« Bonjour, chère mademoiselle Pe...

— Monsieur Dunn, j'ai des griefs sérieux à votre égard. Plus que des griefs, à vrai dire. Pendant que vous vous promeniez sur ce... ce bateau, que vous étiez à la pêche ou je ne sais quoi, le manoir a brûlé pendant mon sommeil, et j'ai perdu dans l'incendie ma précieuse collection de dés à coudre, d'une valeur inestimable. Par ailleurs, j'ai été malmenée de la pire manière dans ma tentative d'échapper au feu, et j'ai failli périr entre les crocs d'un loup sauvage, qui me regardait fixement à moins de deux cents mètres ! Eh oui, monsieur Dunn. Mais que vous importe ? Pendant ce temps-là, vous vous promeniez dans votre petit bateau... »

Pendant cette tirade, Dunn tint son rôle à la perfection, haussant les épaules, protestant de son ignorance et compatissant aux malheurs de la chère Mlle Pettigant.

Soudain elle fondit en larmes.

« La situation est intolérable depuis mon arrivée. Je suis au regret de vous donner ma démission. À partir de cet instant, je ne suis plus au service de madame votre épouse. Ayez la bonté de l'en informer lorsque vous la verrez. »

Le visage de Dunn s'assombrit et, d'une voix douce, il répondit :

« Je doute de la revoir un jour, mademoiselle Pettigant. »

Plus tard, dans la neige, ils s'en allèrent voir le

manoir. Chacun d'entre eux redoutait cette visite, car pour tous à leur manière, enfants, domestiques ou Rats, la grande maison avait été la leur. Pendant toute leur vie elle s'était dressée là, immense et immuable.

En découvrant ce qu'il en restait, ils ne purent que s'arrêter et se taire. La plupart des tours et des flèches s'étaient effondrées. Tous les repères avaient changé. Ce n'étaient plus que ruines noires et vides, fumantes, avec çà et là des flammes orangées qui jaillissaient des fenêtres aveugles.

Le feu faisait encore rage dans les deux ailes arrière, une colonne de fumée noire s'élevait dans le ciel, et tout autour du manoir, la neige avait fondu, découvrant la pelouse boueuse jonchée de bois calciné, de pierres et de débris de statues.

Dunn prit une inspiration décidée et dit :

« Vous savez ce qui m'étonne le plus ? C'est que je n'ai pas de peine.

— Cette maison était malade, dit Jake. Il fallait qu'elle meure. »

En approchant, ils découvrirent des tas de loups morts sur le sol.

« Je pourrais me faire un collier avec leurs dents, suggéra Carl.

— Si tu fais ça, répliqua Esther, je ne te parle plus jamais de ma vie. »

Les écuries étaient intactes et pleines de monde. Dès que Dunn apparut, les domestiques se précipitèrent pour lui serrer la main. Certains pleurèrent d'émotion de les retrouver en vie, lui et les enfants.

Dunn rendit visite aux blessés, couchés sur des bottes de foin, et écouta toutes les anecdotes héroïques de la nuit passée. Il fut heureusement surpris de voir tout ce que les domestiques avaient réussi à tirer du désastre : nourriture et objets divers s'empilaient sur la table de l'écurie.

« Les gars s'activent à l'arrière du manoir, monsieur Dunn. On ne peut pas éteindre le feu, bien sûr, mais on sauve tout ce qu'on peut », dit un valet.

Dunn lui tapota l'épaule en souriant.

Le soir même, des flammes s'élevaient encore dans le ciel alors qu'à l'écurie, autour d'un feu de camp, Dunn présidait une grande réunion.

« Il nous faut songer à l'avenir », dit-il.

Ce « nous » incluait toutes les personnes présentes, mais certains domestiques, qui n'avaient jamais soupçonné l'existence des occupants secrets du manoir, regardaient les Rats au visage gris d'un air soupçonneux. Le bruit avait couru que les Rats étaient les auteurs de l'incendie, jusqu'au moment où Dunn avait rétabli la vérité.

« Il n'y a pas d'avenir ici, monsieur Dunn, dit une servante.

— Chacun est libre de suivre son chemin, mes amis, dit Dunn. Pour ma part, je compte rester ici. J'ai toujours vécu à l'ombre du manoir et l'habitude est trop forte pour que je veuille en changer. Par ailleurs, ajouta-t-il en regardant tendrement les enfants, j'ai une famille à charge.

— Alors qu'est-ce que vous proposez ? demanda quelqu'un.

— De tirer tout le bénéfice possible de ce qui nous reste. De nous entraider. De partager les peines à venir, avec la promesse de temps meilleurs. Nous avons les écuries et toutes les autres dépendances, nous pourrons peut-être même restaurer une partie du manoir. Je ne prétends pas que ce sera facile. Nous aurons froid, la nourriture viendra peut-être à manquer et les luxes seront rares, si luxe il y a. Mais au printemps, nous pourrons commencer à rebâtir des maisons, de véritables maisons bien à nous, en utilisant les pierres du manoir.

— Ça me paraît faisable, dit une voix.

— J'en suis », cria une autre.

Dans l'ensemble, les projets de Dunn recueillirent l'assentiment des domestiques.

« Et vous, Jake ? s'enquit Dunn en se tournant vers lui. Qu'allez-vous faire, vous et les Rats ? »

Jake se leva.

« Mon peuple, de tout cœur, prend l'engagement de vivre désormais en paix ici avec vous. »

Il tendit une main que Dunn serra avec joie.

Les garçons s'étaient endormis dans la paille ; Esther et Oona bâillaient à qui mieux mieux lorsque Dunn vint les rejoindre.

Il enlaça les deux petites filles et les attira à lui.

« Vous croyez qu'on y arrivera ? » demanda-t-il.

Elles acquiescèrent paresseusement.

« J'ai tant de projets pour nous, poursuivit-il. Je sais déjà où nous pourrons construire notre maison. Ce sera merveilleux. Chacun aura sa propre chambre. Cela te plairait-il, ma petite Oona ? »

Oona regardait le feu d'un air préoccupé.

« Je ne sais pas si j'aimerais vivre dans une chambre, dit-elle après un temps de réflexion. Tu crois que tu pourrais m'installer un tuyau dans la cave ? »

Dunn éclata de rire.

« Mais oui, mon enfant chérie. Tout ce que tu voudras. »

TABLE

IMPRIMÉ EN FRANCE PAR BRODARD ET TAUPIN
Usine de La Flèche, 72200.
Dépôt légal Imp : 1684 K-5 – Edit : 5462.
20-06-9288-01-0 – ISBN : 2-01-209288-8.
Loi n° 49-956 du 16 juillet 1949 sur les publications destinées à la jeunesse
Dépôt : février 1995.